Bianca™

Kate Hewitt

Oscuras emociones

Editado por HARLEQUIN IBÉRICA, S.A.
Núñez de Balboa, 56
28001 Madrid

OSCURAS EMOCIONES, N.º 2132 - 1.2.12
Título original: Kholodov's Last Mistress
Publicada originalmente por Mills & Boon®, Ltd., Londres.

I.S.B.N.: 978-84-9010-220-6
Depósito legal: B-41396-2011
Editor responsable: Luis Pugni
Fotomecánica: M.T. Color & Diseño, S.L. Las Rozas (Madrid)
Impresión en Black print CPI (Barcelona)
Fecha impresion para Argentina: 30.7.12
Distribuidor exclusivo para España: LOGISTA
Distribuidor para México: CODIPLYRSA
Distribuidores para Argentina: interior, BERTRAN, S.A.C. Vélez Sársfield, 1950. Cap. Fed./ Buenos Aires y Gran Buenos Aires, VACCARO SÁNCHEZ y Cía, S.A.
Distribuidor para Chile: DISTRIBUIDORA ALFA, S.A.

Capítulo 1

ESTABAN a punto de robar a aquella mujer. Sergei Kholodov observaba con la mirada de la experiencia y algo de cinismo mientras un grupo de pilluelos le ponían unos periódicos delante de la cara a aquella muchacha extranjera. No, en realidad era una mujer de unos veintitantos años. Con esos dientes tan perfectos, ese pelo y ese abrigo rojo, sin duda era estadounidense.

Llevaba un rato frente a la catedral de San Basilio, observando las cúpulas en forma de bulbo, con un mapa en la mano, cuando se habían acercado a ella, hablándole como si se tratara de algo urgente. Sergei sabía bien lo que pretendían, pero era evidente que ella no. La extranjera se rió, dio un paso atrás agitando los papeles y sonrió. Sonrió, no tenía el menor sentido común.

Sin duda los chicos se habían dado cuenta también y por eso la habían elegido. Era obvio incluso para él, que estaba a más de veinte metros de distancia. Estaba claro que era un blanco fácil. La rodearon sin apartar los papeles de su cara. Sergei la oyó reír de nuevo mientras decía en un ruso muy rudimentario:

–*Spasiba, spasiba, nyet...*

Sergei siguió observando mientras uno de los golfillos metía la mano en el bolsillo del abrigo de la chica. Sabía lo rápido y sigiloso que se podía llegar a ser mientras se buscaba el bulto de una cartera o el crujir de los billetes. Conocía la emoción del peligro y la satisfacción, mezclada con el desprecio que se sentía cuando se conseguía robar algo.

Con un suspiro de resignación, Sergei decidió finalmente que lo mejor era intervenir. No sentía demasiada simpatía por los estadounidenses, pero aquella mujer y era obvio que no tenía la menor idea de que estaban a punto de quitarle su dinero. Se acercó a grandes zancadas, los turistas y charlatanes se apartaban a su paso de manera instintiva.

Agarró del cogote al chico que tenía la mano en el bolsillo de la joven y vio con satisfacción cómo corría en el aire, tratando en vano de huir. Los otros pilluelos sí que escaparon, por lo que Sergei sintió lástima por el que había agarrado; sus amigos no habían tardado en abandonarlo. Lo zarandeó ligeramente.

–*Pohazhite mne* –«dámelo», le dijo.

El muchacho protestó y aseguró varias veces que no tenía nada.

En ese momento, Sergei sintió en el hombro una mano suave y al mismo tiempo sorprendentemente fuerte.

–Por favor –le dijo la mujer en un ruso con mucho acento–, suéltelo.

–Le estaba robando –le explicó Sergei sin volverse a mirarla y volvió a zarandear al chico–. *Pohazhite mne.*

La mujer le apretó el hombro. No le dolió, pero le sorprendió tanto que por un instante aflojó la mano con la que tenía agarrado al golfillo, que aprovechó la oportunidad. Le dio una patada en la entrepierna que hizo que Sergei lanzara varios juramentos y luego salió corriendo.

Sergei contuvo la respiración para tratar de controlar el dolor, después se puso recto y miró a la mujer, que tuvo la desfachatez de mirarlo fijamente con gesto de indignación.

–¿Satisfecha? –le preguntó él con ironía.

Ella abrió los ojos de par en par al tiempo que su rostro se tornaba casi violeta.

–Habla mi idioma.

–Mejor que usted el mío –respondió Sergei–. ¿Por qué se ha metido? Ahora no podrá recuperar el dinero.

Ella frunció el ceño.

–¿Qué dinero?

–Ese chico al que ha defendido tan amablemente estaba robándole.

La mujer sonrió y meneó la cabeza.

–No, no, está usted equivocado. Sólo intentaba venderme un periódico. Se lo habría comprado, pero no entiendo tanto ruso como para leer el periódico. Estaba exageradamente ansioso –admitió, sin duda tratando de ser justa–. ¿Conoce esa palabra?

–Sí, conozco esa palabra y algunas otras –dijo Sergei, que apenas podía creer que pudiera haber alguien tan ingenuo–. No estaban ansiosos, simplemente intentaban timarla –enarcó ambas cejas y le preguntó–: ¿Conoce esa palabra?

Parecía sorprendida y ofendida, pero optó por pasarlo por alto y menear la cabeza.

–Lo siento. No entiendo demasiado ruso, pero no creo que esos chicos pretendieran hacerme nada malo.

Sergei apretó los labios.

–Compruébelo, si quiere.

–¿Que compruebe?

–Mírese los bolsillos.

Volvió a menear la cabeza, con la misma ingenuidad y la misma sonrisa.

–En serio, sólo intentaban...

–Compruébelo –insistió él.

Sus ojos adquirieron un intenso brillo azul, que revelaban algo bajo tanta dulzura, algo salvaje y poderoso que despertó el interés de Sergei, quizá incluso el deseo. Era bastante guapa; tenía los ojos color violeta y un rostro de rasgos delicados, aunque con ese enorme abrigo no se podía ver mucho más que eso. Finalmente se encogió de hombros y levantó las manos a modo de rendición.

–Está bien, si quiere que lo compruebe...

Sergei fue viendo cómo se reflejaban en su rostro las distintas emociones que iba experimentando. Confusión, impaciencia, incertidumbre, incredulidad e indignación. Había visto aquel proceso muchas otras veces, normalmente de lejos y con media docena de billetes en la mano.

Pero entonces se dio cuenta de que en realidad no estaba indignada, quizá dolida, pero enseguida volvió a mover la cabeza, esa vez con una aceptación que sorprendió a Sergei y despertó su curiosidad.

–Tiene razón. Me han quitado el dinero.

¿Por qué no le molestaba? Se preguntó Sergei, molesto.

–¿Por qué llevaba dinero en el bolsillo? –le preguntó con la mayor suavidad que pudo.

Ella se mordió el labio inferior con un gesto que atrajo la mirada de Sergei y volvió a despertar su interés. Tenía los labios carnosos y rosados y el modo en que se los mordía con aquellos dientes perfectos le provocó cierta tensión en una parte muy concreta del cuerpo.

–Acabo de estar en el banco –dijo en tono de explicación, no defendiéndose–. No me había dado tiempo a guardarlo.

Sergei la había visto allí de pie, observando la catedral con el mapa en la mano. Había tenido tiempo de sobra. Pero bueno, ¿qué más le daba a él? ¿Por qué se molestaba siquiera en tener esa conversación? No era más que otro turista estadounidense. Había visto muchos, desde los que observaban con los ojos desorbitados la tristeza de un auténtico huérfano ruso a los que evaluaban con ojo crítico y llevaban consigo todo un ejército de terapeutas y psicólogos con el fin de asegurarse de que ningún niño estaba excesivamente mal. Como si tuvieran la menor idea. Y después estaban los turistas que, como aquella mujer, invadían la Plaza Roja y observaban el Kremlin, los almacenes GUM y todo lo demás como si fueran simples antigüedades extrañas, en lugar de lo que eran, testigos de la desgarradora historia del país. Sergei no tenía tiempo para ninguno de ellos, y desde luego, tampoco para ella. Ya había empezado a darse media vuelta cuando oyó una expresión ahogada de horror.

Se volvió a mirarla.

–¿Qué?

–Mi pasaporte...

–¿Llevaba el pasaporte en el bolsillo del abrigo?

–Ya se lo he dicho, acababa de estar en el banco...

–El pasaporte –repitió Sergei porque realmente le costaba creer que alguien pudiera cometer la tontería de llevar el dinero y el pasaporte en un bolsillo abierto del abrigo mientras cruzaba la Plaza Roja.

–Ya lo sé –dijo con una sonrisa compungida–. Pero tenía que cobrar unos cheques de viaje y he tenido que enseñar el pasaporte...

–Cheques de viaje –repitió una vez más. Aquello no hacía más que mejorar, o más bien empeorar, según se mirase. Jamás habría pensado que alguien siguiera utilizando un método de pago tan obsoleto.

–¿Por qué demonios utiliza cheques de viaje? ¿No sería más fácil llevar una tarjeta de crédito? –y más seguro. A no ser, claro, que la llevara en el bolsillo del abrigo junto con el número secreto, como seguramente habría hecho aquella mujer. Simplemente para ayudar a los ladrones.

La vio levantar la cara y mirarlo de nuevo con los ojos brillantes y llenos de fuerza.

–Prefiero los cheques de viaje.

Esa vez fue él el que se encogió de hombros.

–Muy bien –se habría marchado de allí rápidamente de no ser por el modo en que desapareció la sonrisa de su rostro y empezaron a temblarle los labios. La desolación empañó su mirada de un modo que Sergei sintió una punzada en el corazón, una emoción que no le gustaba nada y que no se había permitido sentir desde hacía años. Pero aquella mirada de tristeza que ella ni siquiera había querido que viera le hizo sentir tal emoción. Y eso lo puso furioso.

Hannah sabía que había sido una tontería llevar el dinero y el pasaporte en el bolsillo del abrigo. Tendría que haberlo guardado todo en el bolso, pero la belleza de la catedral de San Basilio la había distraído, las coloridas cúpulas que parecían clavarse en el cielo. Debía reconocer que se había quedado pensando en que aquél era su último día de viaje, que al día siguiente estaría de vuelta en el estado de Nueva York, abriendo la tienda, haciendo inventario y tratando de que todo funcionase, y lo cierto era que la idea le había hecho sentir cierta tristeza, o quizá arrepentimiento. No sabía muy bien qué era, sólo sabía que no quería sentirlo.

Y ahora aquel ruso la miraba con aquellos ojos azules que se clavaban como dos puñales. Hannah no tenía idea de a qué se dedicaba, pero desde luego resultaba muy intimidante. Llevaba un abrigo de cuero negro con vaqueros negros; no era una indumentaria muy colorida, ni alegre. Tenía el pelo de un color castaño bastante habitual, pero lo llevaba muy corto y su rostro era tan frío y deslumbrante que a Hannah había estado a punto de parársele el corazón nada más verlo.

Y ahora esto... el dinero que le quedaba había desaparecido, junto con su pasaporte. Y su vuelo de regreso a Nueva York salía dentro de cinco horas.

–¿Qué? –le preguntó el hombre bruscamente.

Se había vuelto hacia ella con evidente impaciencia. Todo su cuerpo, fuerte y tenso, irradiaba poder. Parecía haberse girado hacia ella en contra de su propia voluntad, e incluso de su sentido común.

–Supongo que sabe que tiene que ir a su embajada.

–Sí...

–Allí la ayudarán –le explicó muy despacio, como si ella no comprendiese ni su propio idioma–. Le expedirán un nuevo pasaporte.

Hannah tragó saliva.

–¿Cuánto tiempo suelen tardar?

–Supongo que sólo unas horas –la miró enarcando una ceja–. ¿Eso le supone algún problema?

–La verdad es que sí –admitió ella con una ligera sonrisa en los labios, a pesar del pánico que se le había instalado en la boca del estómago porque empezaba a ser consciente de lo terrible que era la situación en la que se encontraba. Iba a perder el vuelo y se quedaría en Moscú, sin pasaporte, sin dinero.

Muy mal.

–A lo mejor debería haberlo pensado mientras deambulaba por la Plaza Roja –respondió el hombre–. Podría haberse colgado un cartel del cuello en el que pusiera que era una turista, lista para que le robaran.

–Es que soy una turista –señaló Hannah en tono razonable–. Pero no comprendo por qué le molesta tanto. No se han llevado su dinero, ni su pasaporte.

El hombre se quedó mirándola y la expresión de rabia se convirtió en algo parecido a la sorpresa.

–Tiene razón –dijo después de un momento–. No tengo ningún motivo para preocuparme –reconoció, pero no se dio media vuelta sino que siguió mirándola como si fuera un misterio que no conseguía descifrar.

–De todas maneras –dijo Hannah–. No me importa que se hayan llevado mi dinero –en realidad no le habría importado si no hubiera sido el único que le quedaba–. Seguro que lo necesitan más que yo, al menos ahora podrán comprar algo de comer.

–¿Cree que van a utilizarlo para comprar comida?

Hannah meneó la cabeza.

–No me diga que estarán comprando droga o algo así. Hasta los niños de la calle necesitan comer y ésos no debían de tener más de doce años.

–Eso es mucho cuando se vive en la calle –le recordó el hombre–. Y la comida es fácil de conseguir; sólo hay que robar algo de un puesto o esperar en la puerta de atrás de algún restaurante. Nadie utiliza el dinero para comprar comida a menos que sea estrictamente necesario.

Hannah lo miró, sorprendida por un tono que indicaba que sabía bien de lo que hablaba y desconcertada por la ferocidad de aquellos ojos azules.

–Lo siento –murmuró Hannah–. Y gracias por ayudarme.

El hombre hizo algo parecido a asentir.

–¿Va a ir a la embajada? –le preguntó como si estuviera haciendo un gran esfuerzo al preocuparse por ella–. ¿Sabe dónde está?

–Sí –no lo sabía, pero no iba a darle más motivos para que pensara que era tonta–. Gracias por ayudarme.

–Que tenga suerte –dijo él.

Hannah se despidió con un leve movimiento de cabeza y se alejó de allí.

Una vez lejos de aquel hombre y de su intensa presencia, el pánico se alojó en su interior y se convirtió en una pesada carga. No obstante, se puso bien recta, levantó la cara, por si acaso él estaba mirándola, y siguió caminando hacia el otro extremo de la plaza. Tendría que mirar el mapa para buscar dónde estaba la embajada de Estados Unidos.

Dos horas después consiguió llegar por fin a la embajada, pero allí le comunicaron que debía denunciar el robo a la policía de Moscú, donde le darían un impreso que debía llevar a la embajada para poder solicitar un pasaporte nuevo.

Hannah esperaba que pudieran darle algún documento con el que le permitieran viajar, una especie de salvoconducto para poder escapar. Y volver a casa.

La mujer de la embajada la miró sin un ápice de comprensión o de interés. Hannah se dijo a sí misma que seguramente escuchaba todo el tiempo ese tipo de historias y que su trabajo no era ayudarla a ella, simplemente informarla. Pero Hannah tenía un nudo de angustia en la garganta.

–Pero mi vuelo sale esta misma noche.

–Cámbielo –le dijo la mujer–. Su pasaporte tardará varios días y después tendrá que solicitar el visado de entrada.

¿Visado de entrada?

–Pero si lo que voy a hacer es marcharme.

–La persona de contacto que tenga en Rusia tendrá que responder por usted –le explicó al tiempo que le daba un impreso.

Lo primero que vio Hannah en aquel papel fue los cien dólares que costaba la emisión del nuevo pasaporte.

–El único contacto que tengo es el hotel en el que me alojo –le dijo, cada vez con más desesperación–. Creo que no...

–Vaya a la policía –le aconsejó la mujer–. Es lo primero que debe hacer –apenas había terminado de decírselo cuando hizo un gesto para que pasara el siguiente.

–Pero... –Hannah no se movió de la ventanilla, se acercó un poco más y murmuró, avergonzada–: No tengo dinero.

Eso tampoco despertó la menor compasión por parte de la funcionaria.

–Sáquelo de algún cajero o utilice su tarjeta de crédito.

Claro. Eso sería lo más normal. El problema era que Hannah no tenía tanto dinero en el banco y se había deshecho de las tarjetas de crédito después de ver los gastos que habían acumulado sus padres antes de morir. Quizá no había sido la decisión más acertada, pero después de saldar todas aquellas facturas, había prometido no endeudarse jamás. La mujer de la embajada debió de ver algo en su rostro porque le dijo, con cierta impaciencia:

–Entonces llame a alguien que esté en Estados Unidos para que le envíen dinero.

–Sí –respondió ella, consciente del tremendo problema que tenía–. Gracias –añadió y, afortunadamente, no le tembló la voz.

Hannah salió de allí al frío de la tarde de primavera. Estaba haciendo un verdadero esfuerzo por no dejarse llevar por el pánico. Normalmente era una persona fuerte, que trataba de ver el lado más positivo de las cosas.

Pero ahora estaba oscureciendo y no tenía dinero, ni pasaporte, ni demasiadas opciones. Tal y como le había aconsejado la mujer de la embajada, podría llamar a alguien, pero no lo veía fácil. Si lo hacía, y lo cierto era que no se le ocurría rápidamente nadie a quien llamar, esa persona tendría que aceptar el cobro revertido de la llamada y, después de escuchar el relato de los hechos, tendría que hacer más de setenta kilómetros para llegar a Albany y desde allí enviarle varios cientos de dólares, como mínimo. Tenía que pagar el pasaporte, un hotel, la comida y quizá incluso otro billete de avión. La cifra podría convertirse en miles de dólares.

No tenía ningún amigo con tanto dinero. Ella había utilizado todos sus ahorros para pagar aquel viaje, aun a sabiendas de que era algo loco e impulsivo, dos cosas que ella no era nunca. Claro que quizá sí estuviera un poco loca y fuera tonta, como le había dado a entender el hombre de la Plaza Roja. De otro modo no se explicaba que estuviera allí, sola en medio de Moscú sin un lugar al que ir y sin saber qué hacer.

Se tragó el nudo de pánico que tenía ya en la garganta. No estaba del todo perdida. Tenía algo de dinero en el banco, lo suficiente para ganar un poco de tiempo...

¿Y después?

–Aquí está.

Hannah parpadeó para enfocar la mirada en el origen de aquella voz. Allí encontró con enorme sorpresa al hombre de la Plaza Roja, que se acercaba a ella con el ceño fruncido. Parecía un ángel vengador y sin embargo Hannah sintió cierto alivio al verlo allí. Una cara conocida.

–¿Qué hace aquí?

–Quería asegurarme que había solucionado lo del pasaporte.

–Es muy amable –dijo ella con cautela porque, después de tres meses viajando, había aprendido a ser precavida–. Pero no era necesario.

–Lo sé –levantó ligeramente la comisura del labio, de forma tan inapreciable que ni siquiera podía considerarse una sonrisa.

Sin embargo ese leve movimiento hizo que Hannah se sintiera algo más segura y fuerte. También le provocó un escalofrío. Era muy atractivo, reconoció para sí.

–¿Ha solicitado el pasaporte? –le preguntó él.

–No, pero me han dado el impreso –levantó el papel sin demasiado entusiasmo–. Por lo visto antes tengo que ir a la policía a hacer la denuncia.

–Hay mucha falta de organización –dijo, meneando la cabeza con pesar–. O mucha corrupción. O quizá las dos cosas. Va a tardar horas en hacerlo.

–Estupendo –sólo quedaban tres horas para que saliera su avión, así que estaba claro que ella no iría a bordo.

–¿Le queda algo de dinero? –le preguntó de pronto.

Hannah se encogió de hombros, pues no quería reconocer la verdad.

–Un poco –dijo–. En el banco –pero no lo suficiente para pagar el pasaporte, el hotel y los demás gastos. Ni mucho menos.

–¿Tiene tarjeta de crédito?

Debía de haber hablado con la señora de la embajada. O quizá lo sabía todo.

–Pues... no.

Movió la cabeza de nuevo, esa vez con incredulidad.

–¿Se va de viaje a Rusia, ni más ni menos, sin llevar una tarjeta de crédito y sin tener ahorros?

–Dicho así suena bastante estúpido, ¿verdad? –admitió Hannah. No iba a explicarle que no quería endeudarse, ni los motivos por los que desconfiaba de las tarjetas de crédito–. Lo que ocurre es que este viaje era algo así como la oportunidad de mi vida.

Él la miró con escepticismo. Claro.

–¿De verdad?

–Sí, de verdad. No me mire así. Creo que no me había sentido tan censurada desde que estaba en el colegio.

De pronto soltó una carcajada que Hannah no esperaba. Sonrió, contenta de que al menos tuviese sentido del humor.

–Sólo me sorprende –explicó, de nuevo con gesto severo–. ¿Lleva mucho tiempo viajando?

–Tres meses.

–¿Y no ha tenido ningún problema antes de éste?

–Nada tan serio. En Italia me cobraron de más en un restaurante y topé con un revisor de tren muy grosero...

–¿Eso es todo?

–Supongo que tengo suerte. O la he tenido hasta hoy.

–Debe de ser eso. Me imagino que no debería preguntarle si tiene algún seguro de viaje.

Eso ni siquiera se le había pasado por la cabeza. Hannah esbozó una sonrisa.

–No.

–¿No debería preguntárselo, o no lo tiene?

–Usted elige.

Volvió mover la boca para sonreír y Hannah sintió que se le aceleraba el pulso. Tenía una actitud muy dura, que intimidaba e incluso daba miedo, pero era increíblemente guapo. Incluso sexy, sobre todo cuando sonreía.

–¿Tenía intención de quedarse mucho tiempo en Rusia?

–Lo cierto es que mi avión sale... –hizo una pausa para mirar el reloj– dentro de dos horas.

La miró con los ojos abiertos de par en par.

–¿Hoy es su último día?

–Por lo visto, no. Parece que Rusia quiere que me quede un poco más. Para marcharme necesito un pasaporte y un visado de entrada.

El hombre meneó la cabeza una vez más, parecía haberse quedado sin palabras. Hannah comprendía su reacción porque la verdad era que había sido una tonta. Habría sido tan fácil evitar todo lo sucedido. Una tarjeta de crédito, un bolsillo con cremallera y un poco más de sentido común.

–Al menos tendrá alguien a quien pedirle que le envíe dinero.

–No exactamente –le vio enarcar una ceja y el gesto le pareció terriblemente elocuente–. Vivo en un pueblo muy pequeño –explicó–. Sería muy difícil...

–¿No puede ayudarla nadie en una situación tan desesperada? Pensaba que los pueblos estadounidenses estaban llenos de buenos samaritanos. Todo el mundo se conoce y está dispuesto a ayudar a los demás.

–Creo que eso sólo pasa en las películas –dijo ella.

–¿Entonces su pueblo no es así?

A Hannah no le gustaba su actitud. ¿Qué tenía contra ella? ¿Que había cometido la estupidez de llevar el dinero y el pasaporte en el bolsillo del abrigo?

–Sólo tengo que pensar un poco –concluyó con voz tranquila–. Y decidir a quién debo llamar.

¿Quién podría y querría ir conduciendo hasta Albany para mandarle el dinero? Quizá Ashley, aunque acababa de mudarse y de cambiar de trabajo, seguramente estaría sin un centavo.

–¿Y mientras tanto...? –se volvió a mirar las calles en penumbra.

–Ya se me ocurrirá algo –para empezar podría recoger el equipaje del hotel y buscar otro lugar más barato–. ¿A usted qué más le da?

Hannah lo observó detenidamente. Ese cabello extremadamente corto, los ojos fríos, los hombros anchos bajo el abrigo de cuero.

Él la miró también, otra vez a punto de sonreír.

–No se preocupe, no voy a hacer nada de lo que seguramente le está pasando por la cabeza. Permítame que me presente en condiciones –se sacó una billetera del bolsillo interior del abrigo... por supuesto la llevaba allí, a buen recaudo.

Hannah aceptó la tarjeta de visita que él le daba y la observó detenidamente. No era una persona desconfiada, pero sí que tenía sentido común y no iba a fiarse de él tan fácilmente. Leyó lo que ponía en la tarjeta con los ojos bien abiertos: *Sergei Kholodov, Director General, Empresas Kholodov*. Debajo aparecía la dirección de un edificio de oficinas del centro de Moscú.

–Estoy impresionada –dijo al tiempo que le devolvía la tarjeta.

Cualquiera podía hacerse una tarjeta falsa, incluso una tan cara como sin duda lo era aquélla. Eso no quería decir que no fuera un traficante de drogas o un tratante de blancas o quién sabía qué. Hannah cruzó los brazos sobre el pecho y sintió el viento frío en la cara.

–Veo que no la convence.

–No entiendo por qué ha venido.

–Por fin muestra un poco de sentido común –señaló secamente–. Para serle sincero, me siento un poco responsable de que le robaran las cosas.

–¿Por qué? Fui yo la que hizo que dejara escapar al ladrón.

–Usted no hizo nada –replicó con una brusquedad que hizo sonreír a Hannah.

Era obvio que había herido su orgullo y eso lo hacía más asequible, más cercano. En la medida de lo posible.

–Lo siento –dijo ella, tratando de no sonreír–. Quiero decir que lo distraje de su acto de heroicidad.

Eso tampoco le gustó, a juzgar por el modo en que frunció el entrecejo.

–Podría haberme acercado antes –reconoció él–. Me había dado cuenta de lo que iban a hacerle.

–¿Lo vio?

–Esperé demasiado –aclaró–. Y ahora usted no tiene muchas alternativas.

Eso era cierto.

–Sigo sin comprender qué tiene eso que ver con usted.

–Puede pasar la noche en mi hotel y por la mañana la ayudaré a solucionar las cosas en la policía y en la embajada.

Dicho así, parecía sencillo. Quizá pudiera conseguir ese salvoconducto después de todo.

–Es usted muy amable –dijo Hannah por fin, aunque seguía sin estar segura. Parecía demasiado fácil. Demasiado amable, al menos para él–. ¿Qué hotel? –le preguntó mientras descartaba opciones imposibles.

–Kholodov.

–¿El Kholodov? –era uno de los hoteles más lujosos de Moscú, completamente fuera de su alcance. Entonces se dio cuenta del significado de la tarjeta. Era Sergei Kholodov. Ese Kholodov.

Volvió a levantar la comisura de los labios y, aunque seguía sin ser una verdadera sonrisa, le transformó por completo la cara, le iluminó los ojos y suavizó sus rasgos. Hannah sintió un escalofrío. Era impresionante.

–Lo conoce.

–¿Quién no lo conoce?

Se encogió de hombros al tiempo que curvaba un poco más la boca hasta revelar un hoyuelo en la mejilla. Otro escalofrío, como una descarga eléctrica que había despertado todos sus sentidos. No era una sensación desagradable. Para nada.

–Entonces puede quedarse allí.

Hannah titubeó. Prefería pensar lo mejor de todo el mundo y también de él. Pero no quería ser más tonta de lo que ya había sido.

–Es muy amable por su parte, pero...

–Si le preocupa su seguridad, puede tomarse un taxi hasta el hotel y yo pagaré lo que cueste.

–No tiene...

Él la miró con la ceja levantada.

–Le recuerdo que no tiene dinero. Fíese de mí, no supone ningún problema. Hay habitaciones disponibles. Tengo dinero suficiente y –miró la hora antes de añadir–: muchas cosas que hacer. Así que decídase.

Sin duda era lo mejor que podía hacer.

–Está bien –dijo Hannah finalmente–. Gracias.

–Ya le he dicho que no hay ningún problema –Sergei levantó el brazo y enseguida paró un taxi, pero él lo rechazó, igual que hizo con el siguiente–. No llevaban identificación oficial –le explicó–. Estará más segura en uno oficial que lleve taxímetro.

Aquel detalle le llegó al alma.

Por fin paró un taxi oficial y Sergei le abrió la puerta para que entrara.

–Al Kholodov –le indicó al conductor y después se dirigió a Hannah–. Llamaré al hotel para que estén esperándola y pediré que le envíen el equipaje. ¿Será suficiente?

¿Suficiente? Era una locura. Pero en realidad comprendía a qué se refería; quería saber si así se sentiría más segura y se lo agradecía más de lo que le habría podido explicar. La había salvado, literalmente.

–Gracias. No sé qué...

–Váyase –la interrumpió y un segundo después cerró la puerta del taxi.

–...decir –terminó la frase Hannah mientras el coche se ponía en marcha y se preguntó si volvería a ver a su salvador.

Capítulo 2

QUERÍA saber algo de la muchacha?

Sergei levantó la mirada de los papeles hacia su ayudante, Grigori. La muchacha era Hannah Pearl, según había descubierto investigando un poco, una estadounidense que viajaba sola. En realidad él no quería saber nada sobre ella, aunque no había podido quitársela de la cabeza desde que la había dejado en el taxi dos horas antes. Había vuelto a la oficina y se había quitado la ropa que solía ponerse cuando iba a lugares desagradables en busca de Varya. En lugar de encontrarla, se había encontrado con una cautivadora turista.

No podía dejar de pensar en sus ojos violetas y en esos labios rosados. Se preguntó qué figura se escondía bajo el grueso abrigo. Pero lo que le había fascinado, aún más que sus encantos físicos, había sido su honestidad, su optimismo y una naturalidad que la vida aún no había estropeado. No recordaba cuándo había conocido una mujer, o una persona, así.

–¿Se ha instalado? –preguntó escuetamente, pues era lo único que quería saber.

–Sí, en la gran suite.

Sergei había pedido para ella la mejor habitación del hotel. Seguramente había sido una tontería completamente innecesaria, pero no le había gustado nada verla tan perdida cuando la había encontrado a la puerta de la embajada. Odiaba ver gente vulnerable, esa sombra de inseguridad y de miedo que se instalaba en sus ojos. Era algo que había visto con demasiada frecuencia. Durante un momento de locura, aquella estadounidense le había recordado a Alyona. Y él nunca pensaba en Alyona.

Quizá por eso se había acercado a ella y le había ofrecido cosas que no había tenido intención de ofrecerle. Había sentido cosas que no quería sentir.

Bien era cierto que la había encontrado allí porque había decidido buscarla. Al verla marcharse en la Plaza Roja había sentido otra cosa que tampoco habría querido sentir: culpa. Podría haber detenido a aquellos muchachos mucho antes y haber evitado el robo. Entonces ella podría haber tomado su vuelo de regreso a Estados Unidos y en ese momento no habría estado en la mejor habitación de su hotel.

En aquel mismo edificio.

De pronto su cuerpo y su mente se vieron invadidas por una sensación completamente distinta que nada tenía que ver con el deseo de protegerla, era simplemente deseo. Sentía una enorme curiosidad por el cuerpo que ocultaba el abrigo, por esos ojos que se oscurecían cuando algo afectaba a su natural optimismo. Curiosidad, pero también la certeza de que lo único que iba a despertar en él era deseo.

Agarró un papel impulsivamente y escribió un mensaje que inmediatamente le dio a Grigori.

–Llévaselo y pide que nos reserven la mesa privada del restaurante para cenar. Seremos dos.

Grigori asintió, pero se detuvo antes de salir.

–¿Ha encontrado a Varya? –le preguntó.

–No –respondió Sergei con frustración.

Se había dejado distraer por cierta turista y no había podido dedicar más tiempo a la búsqueda. Sabía que se había metido en algún lío por el mensaje que le había dejado en el contestador. Claro que, ¿cuándo no andaba Varya metida en algún lío?

–Ya volverá –dijo su ayudante, quizá más convencerse a sí mismo que a Sergei. Los tres habían pasado mucho tiempo juntos en el orfanato y Sergei sospechaba que Grigori estaba enamorado de Varya desde niño–. Siempre vuelve.

–Sí –pero no quería ni pensar que acabara convirtiéndose en un cuerpo enfermo olvidado en algún portal o que apareciera flotando en el río.

¿Cuántas veces más podría salvarla? La vida le había enseñado que en realidad había pocas personas a las que se podía salvar. A veces uno ni siquiera podía salvarse a sí mismo.

–Ahora mismo llevo esto –dijo Grigori levantando la nota.

Sergei se arrepintió en ese instante de haberla escrito, pero se limitó a asentir. Quizá fuera mejor poner a Hannah Pearl en su sitio; el de una mujer a la que conquistaría y luego abandonaría para que no hubiera nada más. Nada profundo.

Una mujer que le recordaba a Alyona y le hacía pensar en el muchacho que él mismo había sido en otro tiempo, tan joven e inocente como ella, era muy peligrosa.

No, pensó mientras observaba el cielo oscuro con melancolía, era mucho mejor así.

Hannah miró a su alrededor casi con miedo de tocar nada. La habitación era increíble. Y enorme.

¿Qué clase de hombre era Sergei Kholodov?

Sintió un escalofrío que era en parte temor y en parte excitación. Estaba claro que era esa clase de hombre. Ella no tenía mucha experiencia, pero le bastaba para reconocer aquella reacción. Sergei Kholodov era increíblemente sexy, todo en él transmitía autoridad; la frialdad de su mirada, el poder de su cuerpo. Jamás había estado con una persona tan excitante. Con un hombre.

Pero ya no importaba porque no creía que fuera a verlo nunca más. Le había dado más de lo que Hannah habría podido esperar. ¿Entonces por qué seguía pensando en él?

Porque era muy difícil no hacerlo. Todo lo ocurrido en las últimas horas había sido surrealista y abrumador desde el momento que Sergei se había acercado a ella en la Plaza Roja hasta que había ido a buscarla a la embajada para después ofrecerle aquella lujosa habitación de hotel. Aquel lugar no estaba hecho para una mujer normal y corriente, procedente de un pequeño pueblo del estado de Nueva York. En los tres meses que llevaba de viaje no le había ocurrido nada semejante. El último día de viaje todo se había vuelto loco.

Seguramente recuperaría la calma al día siguiente, cuando Sergei la ayudara a hacerse un nuevo pasaporte y conseguir un vuelo de regreso.

¿Quería eso decir que iba a volver a verlo?

Hannah decidió no pensar demasiado en ello y disfrutar al máximo de lo que estaba ocurriendo. Por el momento pensaba darse un buen baño en aquella bañera que más bien parecía una piscina.

No tenía ni idea de cómo lo había hecho Sergei, pero el caso era que su maleta había llegado poco después que ella, lo cual era increíble porque ni siquiera le había dicho cómo se llamaba o en qué hotel se alojaba. Estaba claro que era un hombre muy poderoso.

De pronto llamaron a la puerta y Hannah acudió a abrir con esa mezcla de emoción y temor, pero se decepcionó al ver que no era Sergei, sino un hombre de aspecto serio con un traje muy sobrio y una marca de nacimiento que le cubría la mitad del rostro.

–Señorita Pearl, soy Grigori, el ayudante del señor Kholodov. Le traigo un mensaje suyo.

Hannah agarró el papel y le dio las gracias.

–¿Quiere que le dé una respuesta?

–Ah... sí –desdobló el papel rápidamente y leyó las dos líneas escritas con tinta negra. *Por favor, cene conmigo en el restaurante del hotel a las ocho. Sergei.*

Hannah tragó saliva, levantó la mirada y vio a Grigori esperando. Un restaurante era un lugar seguro y lo cierto era que sentía curiosidad, y muchos nervios. ¿Por qué querría cenar con ella un hombre como Sergei Kholodov? ¿Simplemente querría ser amable o...?

–¿Señorita Pearl?

–Sí... sí. Gracias. Estaré encantada de cenar con el señor Kholodov a las ocho.

–Muy bien –dijo Grigori y se dio media vuelta con un aire militar.

–Grigori...

–¿Sí, señorita Pearl?

–¿El señor Kholodov... hace mucho que es propietario del hotel? –quería saber algo de él.

Grigori juntó las cejas.

–Creo que unos cinco años. Si le interesa, en el cajón del escritorio encontrará un folleto donde se cuenta la historia del hotel.

–Ah, muchas gracias –Hannah cerró la puerta con una incómoda sonrisa en los labios.

Se dirigió al escritorio sin salir del asombro que le había provocado la invitación. Leyó por encima los párrafos en los que se explicaba que hacía cien años que existía aquel hotel, hasta que llegó a donde aparecía por primera vez el nombre de Sergei para contar que había adquirido el lugar y lo había arreglado, había dado trabajo a un millar de personas y desde entonces cumplía con el firme propósito de ofrecer el mejor servicio posible.

Sin duda era un hombre increíble. Y ella iba a cenar con él, pensó con el corazón acelerado. Claro que no era ninguna cita. Sergei Kholodov no podía estar realmente interesado en ella... ¿o sí? Seguramente era ridículo incluso plantearse la duda.

A las siete y media Hannah estaba vestida y lista para salir. Se miró al espejo y tuvo que admitir que aquel vestido de punto negro la favorecía, pero tenía poca gracia y los tres meses de viaje no le habían hecho ningún bien. La única joya que tenía era un sencillo collar de perlas que le habían regalado sus padres al cumplir los dieciocho años. Se puso unos zapatos negros sin tacón y un poco de pintalabios y se dispuso a esperar para bajar, pues no quería parecer ansiosa.

Por fin llegaron las ocho menos cinco y pudo dirigirse al restaurante, un lugar sobrio y elegante que se encontraba lleno de gente. Se quedó en la puerta y buscó a Sergei con la mirada hasta que alguien le tocó el brazo.

–¿Señorita Pearl? –le dijo Grigori–. El señor Kholodov la espera.

Al ver la sonrisa del ayudante de Sergei, Hannah pensó en lo distinto que era a su jefe y se preguntó si a él también le impondría su frialdad o si estaría acostumbrado. Quizá Sergei Kholodov sólo era frío con ella.

Lo siguió hasta una mesa situada en un rincón donde nadie podría verlos desde el resto del salón. Estaba preparada para dos, con un mantel color carmín, copas de cristal y una vela. Sergei se puso en pie y se aproximó a ella, observándola atentamente.

Hannah sintió cómo su rostro y todo su cuerpo comenzaba a arder bajo su mirada, una mirada que no podía estar imaginando. Quizá sí la encontrara atractiva. La idea le resultaba increíble. Y muy emocionante.

Él estaba impresionante. Había cambiado los vaqueros y el abrigo de cuero negro por un impecable traje gris oscuro que le quedaba como un guante. Parecía una escultura.

–Buenas noches –dijo él.

Hannah se sintió entonces completamente fuera de lugar, y más aún cuando Sergei le tendió una mano que ella aceptó de manera instintiva y la condujo a la mesa con una sensual sonrisa en los labios.

Al ver el modo en que Hannah abría los ojos de par en par y se mordía el labio inferior, Sergei sintió una punzada de deseo. Sin duda estaba fijándose en el lugar tan íntimo en el que se encontraban. Con sólo verla tuvo la certeza de que había tomado la mejor decisión. La deseaba y eso hacía que las cosas fueran más sencillas. El deseo era algo fácil y sin riesgos. Por el modo en que ella lo miró, de una manera abierta y sin malicia, Sergei pensó que su deseo era correspondido. Un ligero rubor le coloreó las mejillas y dejó caer la mano con la que había estado tocándose un mechón de pelo.

Sergei paseó la mirada por todo su cuerpo una vez más. La melena castaña le caía como una cascada por la espalda, casi hasta la cintura, y la luz de la vela proyectaba en ella reflejos dorados. Llevaba un vestido barato y aburrido, pero no importaba porque la tela caía deliciosamente sobre las suaves curvas de sus pechos y de sus caderas; casi estaba demasiado delgada y, sin embargo, Sergei seguía sintiendo la misma tentación.

No tenía una belleza clásica, quizá porque era demasiado abierta y sincera; no se mostraba altiva ni distante. Aun así a Sergei le parecía impresionante y sabía que era la única mujer que le tentaba a contravenir las reglas, a querer más, más de lo que nunca se permitiría desear.

Apartó de sí aquella idea; aquello no era más que deseo, atracción física. Nada más. Se aseguraría de que siguiera siendo así.

–Espero que la habitación te resulte cómoda –le dijo.

–¿Cómoda? ¿Lo dice en serio? Es increíble. He estado una hora en la bañera, mire –le mostró las manos para que lo comprobara–. Aún tengo los dedos arrugados.

–Me alegro de que lo hayas disfrutado.

–Desde luego. Muchas gracias. Todo esto es... como un cuento de hadas. De verdad –lo miró a los ojos con gesto juguetón, bromista–. ¿Es usted mi hada madrina?

–No –respondió Sergei–. Sólo trato de mitigar el cargo de conciencia.

–No tiene por qué sentirse culpable –dijo ella mientras se sentaba.

Sergei percibió su aroma, el del jabón y el champú

que el hotel proporcionaba a sus huéspedes. Siempre había pensado que era una fragancia dulce y valiente.

–¿Quieres una copa de vino? –le ofreció.

–Pues... bueno –sonrió, intentando mostrarse sofisticada, pero estaba claro que estaba nerviosa–. Gracias.

Esos ojos, esa cara, cada palabra que pronunciaba, no ocultaba nada. A él, que llevaba toda su vida escondiendo todas y cada una de sus emociones, le conmovía y le inquietaba que pudiera haber alguien así.

–Por los momentos inesperados –dijo levantando su copa hacia ella, que brindó con cierta inseguridad después de unos segundos.

–Yo hoy he tenido unos cuantos –admitió tras tomar un sorbo de vino.

–Háblame de ese viaje tuyo, de la oportunidad de tu vida.

–Verá... –hizo una pausa, frunciendo ligeramente el ceño–, mis padres murieron, eran mayores y no fue nada inesperado, pero aun así fue muy... intenso, así que después de todo eso decidí que era una buena oportunidad para tomarme un tiempo para mí misma –esbozó una triste sonrisa–. Aunque no tuviera ahorros.

–Siento lo de tus padres –dijo él en voz baja, pues la historia le había hecho sentir una afinidad que no esperaba. En cierto modo, era huérfana, igual que él–. Pero es evidente que tuviste el dinero suficiente para financiarte el viaje.

–A duras penas, pero sí –reconoció–. Tuve que cerrar la tienda y hacer economía de guerra, pero no creo que eso le interese –añadió meneando la cabeza–. Es muy aburrido, sobre todo para un millonario.

En realidad era multimillonario, pensó Sergei, pero

no iba a corregirla. Sintió curiosidad por esa tienda que había mencionado y por su vida en general. Y por el modo en que lo miraba, como si confiara en él, como si confiara en todo el mundo. ¿Acaso la vida no le había enseñado nada? Sentía ganas de hacer añicos sus ilusiones y, al mismo tiempo, ponerla entre algodones para protegerla.

La deseaba, se recordó. Eso era todo. Así de sencillo.

–Has mencionado una tienda –dijo Sergei al tiempo que cambiaba de postura y, al hacerlo, le rozó la pierna con la suya.

–Sí, una... una tienda –murmuró ella, tartamudeando un poco, afectada por el roce de su muslo.

De pronto se sintió culpable y se preguntó si estaba bien pensar en esas cosas, preguntarse cómo sería estar con ella en la cama, tenerla en sus brazos, pues ella llevaba la inocencia marcada en la cara. Sergei siempre tenía amantes con experiencia, mujeres que comprendían las reglas y nunca intentaban acercarse demasiado.

Porque si lo hacían... si alguna vez lo supiesen...

Apartó de su mente el sentimiento de culpa y trató de endurecerse imaginándose a sí mismo despojándola del vestido, besándole el cuello. Ella lo deseaba y ella a él.

Así de fácil.

Era una tontería sentirse así, tan viva. Sólo estaban hablando y, sin embargo, podía sentir la pierna de Sergei a sólo unos milímetros de la suya, el calor de su cuerpo.

–La tienda –comenzó de nuevo, consciente de que

debía de estar pareciéndole una tonta–. Mis padres la abrieron antes de que yo naciera y, cuando murieron, me hice cargo de ella.

–¿Qué clase de tienda es?

–De artesanía –ya habían pasado seis meses desde la muerte de su madre y aún le costaba creer que la tienda fuera suya. Sólo suya.

–¿Y tuviste que cerrarla? ¿No podrías haber contratado a alguien que la llevara mientras estabas fuera?

–No podía permitírmelo –le explicó–. Está en un pueblo muy pequeño, así que no hay mucho negocio salvo en verano.

–¿Y dónde está ese pequeño pueblo?

–Unas cuatro horas al norte de la ciudad de Nueva York, se llama Hadley Springs.

–Debe de ser muy bonito.

–Sí –le encantaba la naturaleza del lugar, pero a veces se sentía un poco sola en un lugar tan pequeño.

Sergei debió de leerle el pensamiento.

–¿Nunca has querido mudarte a otro sitio?

–No, nun... –Hannah se detuvo al darse cuenta de que no era que no hubiera querido, lo que ocurría era que nunca había supuesto una alternativa factible.

Sus padres siempre la habían necesitado mucho y ella jamás podría haberlo abandonado todo. Ahora quería darle una oportunidad a la tienda y tratar de sacarla adelante, aunque sólo fuera porque era lo que habrían querido sus padres.

–No sabría dónde ir –corrigió después de unos segundos.

–Supongo que el poder hacerlo da miedo –comentó él con una sonrisa.

–Supongo que sí –respondió ella despacio, pensando que nunca antes lo había sentido. Nunca se había permitido pensar en las posibilidades, sin embargo en ese momento, mientras aquel guapísimo hombre la observaba fijamente, todo le parecía posible.

–¿Estás pensando en vender la tienda?

–No –estaba pensando en él, pero no podía negar que sus preguntas habían despertado algo en su interior, algo que aún no estaba preparada para analizar–. Era el sueño de mis padres. Su gran ilusión.

–¿No lo eras tú?

Hannah meneó la cabeza y se preguntó por qué se empeñaba en ver las cosas con tanto cinismo.

–Ya sabe lo que quiero decir. En esa tienda invirtieron los ahorros de toda su vida y le dedicaron toda su energía. Mi padre sufrió un infarto cuando estaba colocando cajas en el almacén –tragó saliva–. Era muy importante para ellos.

–Era su sueño –concluyó Sergei–. Pero ¿también es el tuyo? No se puede obligar a nadie a que desee lo que deseamos nosotros –parecía hablar por experiencia propia–. Todos debemos tener nuestro propio sueño.

–¿Cuál es el suyo?

–El éxito –respondió escuetamente–. ¿Y el tuyo?

Hannah tuvo la impresión de encontrarse ante un desafío y lo cierto era que no quería responder. Sergei la miró con los ojos brillantes y gesto frío, pero, a pesar de la dureza de sus rasgos, su aspecto era sencillamente impresionante. Hannah tragó saliva y buscó algo superficial que decir, algo que mitigara la sensación de incertidumbre que Sergei había sembrado en ella. Quizá él también se dio cuenta porque en ese momento la miró y esbozó una sonrisa mientras le decía:

–Quizá este viaje fuera tu sueño.

–Sí –dijo con firmeza. Era su sueño, pero ya había llegado a su fin; al día siguiente volvería a la realidad y en unos días abriría de nuevo la tienda, llena de polvo, de facturas atrasadas y de indicios que tarde o temprano la obligarían a reconocer que el sueño de sus padres daba muy poco dinero. Pero Hannah tenía muchas ideas y planes para que el negocio funcionase. La tienda era suya, lo que no sabía si le pertenecía era el sueño. Apartó aquel pensamiento de su mente y trató de no sentir rencor hacia Sergei por haberle despertado tantas dudas–. Entonces su sueño es tener éxito –recordó, con la intención de desviar la conversación hacia otros derroteros que no fueran ella misma–. ¿Pero éxito en qué?

–En todo.

A Hannah le impresionó tanta arrogancia, aunque seguramente era algo al alcance de un hombre como Sergei Kholodov.

–A juzgar por este hotel, va por buen camino para conseguirlo –dijo mientras un camarero comenzaba a servirles.

–*Spasiba*, Andrei –dijo Sergei.

Hannah sintió curiosidad por saber si conocería el nombre de todos y cada uno de sus mil empleados.

–¿Cómo levantó este imperio? –le preguntó–. ¿Es un negocio familiar?

–No –dijo después de una breve pausa.

–¿Lo hizo solo?

–Sí –respondió sin dudarlo–. No tardé mucho en aprender que es la única manera de tener éxito; no se debe depender de nadie, ni tampoco confiar en nadie añadió con voz dura, tanto como su rostro y fría su mirada.

–Pero habrá alguien en quien confíe –ella también estaba un poco sola en el mundo, pero no tanto.

–No –se limitó a decir Sergei.

–¿Nadie que trabaje para usted? –tanto Grigori como Andrei parecían mirarlo con mucho respeto.

–Soy su jefe, es una relación diferente.

–¿Entonces tendrá algún amigo? –al ver que no respondía, Hannah meneó la cabeza–. Me parece muy triste.

–A mí me resulta práctico.

–Entonces es aún más triste.

Sergei se inclinó hacia ella y la miró con los ojos brillantes y fríos como dos diamantes.

–Hannah, tarde o temprano descubrirás que la gente siempre acaba por decepcionarte. Por engañarte. Yo creo que es mejor asumirlo y seguir adelante que engañarse continuamente.

–Pues yo pienso que es mejor creer en la gente y tener esperanza que convertirse en una persona cínica y hastiada como usted.

Sergei soltó una sonora carcajada y se recostó sobre el respaldo de la silla.

–Está claro que somos muy diferentes –afirmó mientras la observaba con un gesto de reconocimiento puramente masculino.

–Sí –convino Hannah. De pronto le temblaban las rodillas y todo su cuerpo experimentó una extraña tensión.

La mirada de Sergei la recorrió lentamente de un modo muy seductor que despertó algo en su interior, un deseo que le resultaba desconocido. Quizá fuera cínico, pero también era muy sexy. Increíblemente sexy y su cuerpo respondía a él con voluntad propia.

Trató de buscar otro tema de conversación, cualquier cosa que disipara la tensión que se palpaba en el aire.

–Supongo que sí dependería de sus padres cuando era niño –dijo.

Sergei clavó la mirada en su rostro con más frialdad que nunca.

–No, soy huérfano. Igual que tú ahora. Tú no tienes a nadie que dirija la tienda, ni yo a nadie que dirija mi negocio.

–¿Cuándo murieron sus padres?

–Hace mucho.

Hannah pensó que debía de tener unos treinta y cinco años.

–¿Cuando usted era niño?

Él apretó los labios antes de decir nada.

–La verdad es que no lo sé. Nadie se molestó en decírmelo. Me crié con mi abuela –hizo una pausa y la miró con una sonrisa burlona–. Eres muy curiosa, ¿no? No te preocupes, Hannah –dijo al ver la sorpresa que reflejaba su rostro–. Sobreviví.

–Pero la vida es algo más que sobrevivir –era evidente que no le gustaban las preguntas personales–. De todos modos, siento mucho lo de sus padres. Debió de ser muy duro para usted.

Sergei se encogió de hombros y aprovechó la llegada de los platos principales para olvidar la conversación. Disfrutó viendo el gusto con el que Hannah probaba los sabores de la alta cocina rusa.

–¿Te gusta? –le preguntó.

–Está todo delicioso –respondió ella, sonriente–. Así que no le gusta hablar de su negocio y seguramente de nada personal.

–No recuerdo haber dicho eso.

–No directamente, pero ha quedado muy claro, ¿no le parece?

Hannah lo miró directamente, tal cual lo hacía él. No iba a dejarse intimidar porque sabía que bajo esa fachada fría y arrogante había un corazón bueno, o go parecido. Al fin y al cabo, la había salvado y se había preocupado por ella, aunque fuera a su manera. Hannah había visto comprensión en sus ojos, por eso confiaba en él de manera instintiva sin importarle lo arrogante que intentara parecer.

Movió los labios como si estuviera a punto de sonreír.

–Eres muy directa, ¿no?

–Soy sincera, si es a lo que se refiere, pero no soy entrometida –añadió, sonriendo–. Si lo fuera, le preguntaría por qué no quiere hablar de asuntos personales.

Él también sonrió y se llevó la copa a los labios.

–Entonces me alegro de que no sea entrometida.

Hannah siguió observándolo, cada vez con más curiosidad. Sergei Kholodov tenía secretos que no tenía la menor intención de contarle, pero eso había despertado su intriga... y su atracción hacia él. Aquel deseo era algo completamente nuevo, pues no era nada habitual ver en Hadley Springs hombres de menos de cincuenta años y mucho menos que la invitaran a cenar.

–Sí, es una suerte –dijo ella por fin y vio cómo la sonrisa de Sergei se convertía en un gesto de seducción.

–En cualquier caso –comenzó a decir con voz profunda y sensual–, prefiero que hablemos de ti.

Capítulo 3

DE MÍ? –Hannah lo miró y un escalofrío la recorrió de arriba abajo al fijarse en su sensual sonrisa–. No lo comprendo –le dijo–. Ya hemos hablado mucho de mí y soy muy aburrida.

Sergei sonrió aún más mientras bajaba la mirada lentamente por su cuerpo.

–Eso habrá que comprobarlo.

Ella se echó a reír.

–Créeme.

–Deja que sea yo el que lo decida.

Hannah se encogió de hombros, segura de que no tardaría en darse cuenta de la vida tan rutinaria que tenía, especialmente para un millonario como él.

–Está bien –dijo ella con una sonrisa juguetona–. Dispara.

–Cuéntame más cosas sobre la tienda.

Hannah parpadeó al oír aquello. ¿Qué esperaba, que quisiera saber sus más íntimos secretos?

–Ya te lo he contado todo, no hay mucho más que decir. No es más que una pequeña tienda.

–Ya veo –se limitó a decir Sergei.

El modo en que la miraba y en que hablaba hacía que Hannah tuviera la impresión de que podía ver en su interior y desvelar todos sus secretos, lo cual era absurdo, puesto que no tenía ningún secreto. Seguraıente se debía a que veía el mundo de un modo muy oscuro y en todo adivinaba lo peor. El problema era que empezaba a conseguir que Hannah hiciera lo mismo y eso no le gustaba nada.

–Entonces vas a continuar sola con la tienda.

–¿Por qué habría de no hacerlo? –seguía observándola con los ojos fijos y los labios entreabiertos. Todo en él resultaba frío y duro excepto aquellos labios, que eran suaves y cálidos. A Hannah le fascinaban sus labios, pero hizo un esfuerzo para mirarlo a los ojos–. Tengo muchas ideas para mejorar el negocio.

–¿Necesita mejoras?

–Como todo. En cualquier caso, ya te he dicho que la tienda era muy importante para mis padres.

–¿Y para ti?

–También es muy importante –lo dijo con firmeza, pero por primera vez tuvo la sensación de estar mintiendo y el darse cuenta de ello la sobresaltó.

–Háblame de tu viaje –le pidió Sergei–. ¿Has estado en muchos sitios?

–Unos cuantos –volvió a sonreír, pues se alegraba de no seguir hablando de la tienda–. He estado viajando en tren por toda Europa. Moscú era la última parada.

–Pero hace un par de horas has perdido el vuelo de regreso.

Ahí estaba la dura realidad de nuevo.

–Exacto.

–No creo que me resulte difícil conseguir que mañana mismo estés en otro avión.

Era una buena noticia, pero aunque se alegrara de que él pudiera arreglar lo del pasaporte, lo cierto era que no quería que acabara aquella noche.

–Supongo que podrás tirar de algunos hilos –de-

dujo Hannah, a la que le resultaba difícil imaginar e
clase de poder.

Sergei se encogió de hombros, quitándole importancia.

–En Rusia todo depende de a quién conozcas.

–Está claro que yo no conozco a nadie. A la mujer de la embajada no le interesó mi historia ni lo más mínimo –dijo Hannah con tristeza, pero enseguida se apresuró a añadir–: Fue muy amable, claro...

–Claro –convino él en un tono que daba a entender que en realidad opinaba lo contrario. Entonces se inclinó hacia ella y la miró con ojos brillantes–. O quizá no es más que una amargada a la que no le importan nada los viajeros que se acercan hasta su mesa.

Hannah meneó la cabeza lentamente.

–¿Siempre piensa lo peor de todo el mundo?

–De ti no he pensado lo peor –replicó Sergei.

–¿Y qué sería lo peor que podría pensar de mí? –preguntó ella, con las cejar enarcadas de curiosidad.

–Que planeaste que te robaran delante de mí para que yo te ayudara.

–¿Qué?

–Y después arreglártelas para seducirme y probablemente colarte en mi cama.

Hannah se atragantó al oír aquello y se puso a toser, Sergei le sirvió más agua. Una vez recuperada, se puso recta y lo miró atónita.

–¿De verdad hay mujeres que hacen eso?

Volvió a encogerse de hombros antes de decir:

–A veces.

–¿Y no las intimida con esa actitud tan hosca? –le preguntó aunque aún seguía pensando en su cama... y ella dentro junto a él.

–Ojalá fuera así –dijo Sergei.

–Seguro –respondió ella irónicamente–. Debe de ser muy aburrido quitarse de encima a tantas mujeres. ¿Cómo consigue llegar a la calle?

–Con mucho esfuerzo.

–Pobre.

Le llenó de nuevo la copa de vino sin dejar de sonreír. Un vino que Hannah no debería beber porque ya se sentía algo aturdida, aunque era una sensación muy agradable.

–Pero estábamos hablando de tu viaje. ¿Por qué tenías tantas ganas de viajar?

–Porque no lo había hecho nunca –explicó sencillamente–. Llevaba toda la vida sin salir del estado de Nueva York.

–¿Y cuando fuiste a la universidad?

–Fui a la universidad pública de Albany, a una hora de camino.

–¿Qué estudiaste?

–Literatura. Poesía, sobre todo. No muy práctico, lo sé. Mis padres querían que estudiara Gestión Empresarial –tragó saliva al recordar el modo en que habían recibido la noticia de su decisión. «La literatura no te llevará a ninguna parte, Hannah. No te servirá de nada en la tienda».

La tienda. Siempre la tienda. Le sorprendió sentir resentimiento. ¿Por qué nunca antes se le había ocurrido pensar así? Porque nunca había conocido a alguien como Sergei, que le hiciera tantas preguntas y despertara sus dudas. Y la fascinara tanto.

–¿Pero tú seguiste adelante con la literatura? –le preguntó él.

Hannah se vio obligada a mirarlo de nuevo.

–No, lo dejé –admitió encogiéndose de hombros

para quitarle importancia a aquella dura decisión de la que nunca se había arrepentido.

–¿Por qué?

Aquella mirada parecía verlo todo. ¿Cómo hacía para adivinarlo todo de esa manera?

–Mi padre sufrió un ataque cuando yo tenía veinte años. Mi madre no podía hacerse cargo de él y de la tienda al mismo tiempo, así que volví a casa para ayudar. Tenía intención de volver a la universidad cuando todo volviera a la normalidad, pero entre unas cosas y otras...

–La normalidad nunca volvió –añadió Sergei como si lo comprendiera sin ningún problema.

–Son cosas que pasan –murmuró con resignación, pues de nada servía ponerse triste por algo que había sucedido hacía años, algo que ella misma había elegido.

–Debió de ser muy difícil abandonar la universidad.

–Sí –admitió–. Pero prometí que volvería y algún día lo haré.

–¿Para estudiar Gestión Empresarial o Literatura?

–Literatura –respondió sin dudarlo y le sorprendió lo segura que estaba de ello.

Sergei esbozó una sonrisa.

–Parece que sí que tienes tu propio sueño.

Hannah lo miró fijamente.

–Supongo que sí –dijo después de un rato–. Aunque no sé muy bien qué haría cuando terminase y tuviese el título. Hice un curso sobre Emily Dickinson, una poetisa estadounidense, pero... –se encogió de hombros–. Tampoco es que me vaya a poner a escribir poesía ni nada de eso.

Sergei sonrió aún más.

–Y yo que pensaba que eras una optimista.

–Lo soy –aseguró, riéndose–. Quién sabe, puede que empiece a soltar sonetos.

Sergei fingió estremecerse.

–No, por favor.

Hannah soltó una carcajada, impulsada por aquella muestra de sentido del humor.

—«Traigo un vino inusitado para unos labios que hace mucho se agostan con los míos, y los incito a beber» –recitó con voz suave.

Las palabras quedaron flotando en el aire, propagando ondas en el silencio como el viento sobre la superficie de una laguna. La intimidad que retrataba el poema causó un extraño efecto en ellos. Sergei la observó con gesto pensativo hasta que volvió a tomar su copa.

–¿Emily Dickinson? –dedujo.

Hannah asintió, incapaz de hablar. Estaba claro que había bebido demasiado, de otro modo no se habría atrevido a ponerse a recitar poesía. Finalmente, Sergei se llevó la copa a los labios y bebió sin apartar la mirada de ella, que tampoco separó los ojos de los de él y bebió también.

No fue un brindis, no fue nada, sin embargo Hannah tenía la sensación de que entre ellos acababa de ocurrir algo muy importante, como si los dos hubieran decidido en silencio... ¿el qué?

–¿Qué edad tienes? –le preguntó de pronto Sergei.

–Veintiséis. Sé que ya hace tiempo que dejé la universidad, pero volveré –dijo con un ímpetu inesperado–. Cuando tenga dinero...

–¿Ahorrado? –añadió Sergei y se echó a reír.

–Sé lo que piensas, que no debería habérmelo gastado todo en ese viaje si quería volver a estudiar –y probablemente fuera cierto, pero necesitaba aquel viaje. Después de la muerte de su madre y de que su amiga Ashley se trasladara a California, se había sentido terriblemente sola. No habría podido continuar así, sola en la tienda, luchando para llegar a fin de mes. Necesitaba vivir cosas nuevas. Pero también sabía que había sido algo impulsivo, imprudente y quizá incluso un poco tonto, algo que jamás haría un hombre como Sergei Kholodov.

–Puede ser –dijo secamente–. Pero a veces viene bien hacer algo impulsivo.

¿Algo como aquello? Porque seguramente cenar a solas con él era lo más impulsivo e imprudente que había hecho nunca y sin embargo tenía la certeza de que no lo cambiaría por nada en el mundo. Estaba pasándolo en grande.

–Claro que una cosa es hacer algo impulsivo y otra cosa es cometer una locura –añadió con la misma sequedad.

–La línea que separa ambas cosas es muy delgada.

–Mucho, sí –reconoció.

Hannah sintió la fuerza de su mirada sobre ella y habló con la voz ligeramente temblorosa.

–¿Y tú, alguna vez has hecho algo así de impulsivo y de imprudente? –tomó un sorbo del delicioso vino–. Deja que adivine, seguramente dormiste en la calle y comiste cuero para ahorrar y poder empezar tu propio negocio.

El gesto de Sergei se ensombreció de pronto y sus rasgos adquirieron tal furia que Hannah se quedó helada. Por un momento creyó ver al hombre que se escondía tras su dura fachada y era alguien con oscuros secretos y un dolor más profundo de lo que ella jamás habría podido imaginar. Pero entonces respiró hondo y volvió a sonreír.

–No vas tan desencaminada –dijo en tono superficial y en su cara ya no había ni rastro de furia.

–Bueno, este viaje era muy importante para mí –respondió ella en el mismo tono.

–Supongo que tu madre te llamó a la universidad para que la ayudaras, pero dime, ¿no podría haber conseguido a otra persona para que tú hubieras podido terminar tus estudios?

–Ella quería que terminara, fui yo la que insistió en volver –explicó Hannah, que no comprendía qué pretendía insinuar y por qué, ni siquiera había conocido a su madre.

Sergei se limitó a asentir y Hannah supo que no la creía.

–¿Qué es lo que ha hecho que seas tan cínico? –le preguntó ella sin rodeos–. Todo te parece sospechoso, y todo el mundo. ¿Por qué eres tan...?

–La experiencia –la interrumpió.

–Eres rico, tu vida no puede ser tan horrible.

–¿No se dice que el dinero no trae la felicidad?

–Aun así, seguro que hay cosas que te van bien –insistió ella–. ¿No puedes decirme nada bueno?

Sergei se echó a reír.

–Eres una optimista empedernida.

–Puede ser. No tengo intención de vivir pensando que todo es horrible. ¿De qué te sirve hacerlo?

Sergei la observó durante unos segundos.

–Así por lo menos no acabo defraudado.

–Sí, pero tampoco vives realmente –replicó ella. Ése era el propósito de su viaje, vivir la vida al máximo después de estar seis años cuidando primero a su padre y luego a su madre, víctima de la demencia–.

Dime una sola cosa buena que te haya pasado –le pidió en tono desafiante–. O mejor aún, una persona realmente buena que hayas conocido. Alguien que te haya cambiado la vida y de quien no podrías hablar con cinismo.

–¿Por qué? –le preguntó él con cansancio.

–Porque yo te lo pido. Porque quiero demostrarte que hay cosas y personas buenas en la vida.

Sergei se inclinó hacia ella y Hannah vio tal brillo en sus ojos azules que sintió un escalofrío.

–Podría mentirte.

–¿Y dónde estaría la diversión?

–¿Nos estamos divirtiendo? –preguntó en tono juguetón.

–¿Te parece que no? –respondió ella del mismo modo.

Ninguno de los dos apartó la mirada. Hannah sintió una emoción, un cosquilleo que le invadía el cuerpo y el alma y pensó que aquello sí era vivir al máximo... algo que nunca antes había hecho. Quería más.

–Supongo que sí –reconoció él–. Alyona –dijo entonces.

–¿Alyona? –preguntó, despistada.

–Alyona, una buena persona que conocí.

Por el modo en que lo dijo, Hannah supo que esa mujer, fuera quien fuera, ya no formaba parte de su vida.

–Ahí lo tienes. Hay alguien bueno en tu vida. Háblame de ella.

–No –dijo tajantemente.

Hannah se puso en tensión, ofendida por su reacción aunque comprendía que no tenía derecho a pedirle que le contara sus secretos por mucho que ella prácticamente le hubiera contado los suyos... unos secretos que ni siquiera se había dado cuenta de que tuviera.

–Bueno, al menos tienes alguien.

–Tenía –dijo de una manera que no abría la puerta a más preguntas.

Hannah sintió una tremenda curiosidad por saber quién sería esa Alyona. ¿Habría sido una novia, o su esposa? ¿La habría amado? Quizá por eso se había vuelto tan cínico y tan hermético. O quizá ella había visto demasiados dramones en la tele.

–¿Entonces por qué desconfías de todo el mundo? –le preguntó en un tono más distendido y superficial.

–Ya te lo he dicho, por experiencia. La mayoría de la gente hace las cosas por algún motivo y normalmente no es bueno –una vez más esbozó una sensual sonrisa–. Excepto tú, quizá.

–¿Yo?

–Sí, tú. Eres la persona más optimista, agradable e irritantemente optimista, que he conocido.

–¿Irritante? –eso sí le molestó.

–A los cínicos el optimismo nos resulta irritante.

–Puede que sea porque necesitas que en tu vida haya un poco más de ese optimismo.

Sergei la observó una vez más, paseó la mirada por su cuerpo lentamente hasta hacerla arder de excitación. ¿Tendría la menor idea de lo atractivo que resultaba cuando la miraba así? Era como si estuviera desnudándola con la mirada. Invadida por el deseo, Hannah se dio cuenta de que quería que sucediese, no sabía muy bien el qué, pero estaba impaciente por que ocurriese.

Volvió a mirarla a la cara y afirmó:

–Puede que tengas razón.

Capítulo 4

QUÉ DEMONIOS estaba haciendo? Sergei vio el brillo de deseo que había en los ojos de Hannah y volvió a sentirse culpable. Estaba harto; ¿desde cuándo tenía conciencia? No podría haber hecho las cosas que había hecho a lo largo de su vida y seguir teniendo conciencia. Sin embargo parecía que así era, al menos en lo que se refería a Hannah Pearl.

Le recordaba a Alyona, por el modo en que le brillaban los ojos y en que sonreía como si en la vida hubiera todavía cosas maravillosas. Con esperanza. Incluso le había hecho mencionar a Alyona y eso era algo que Sergei no hacía jamás.

Se puso en pie con rabia y le tendió una mano para ayudarla a levantarse de la silla, ella la aceptó sin dudar, con los ojos abiertos de par en par. ¿Tendría la menor idea del efecto que tenía en él su dulzura, de cómo desataba su culpabilidad y al mismo tiempo lo llenaba de deseo? Ansiaba creer en su ilusión, pero también quería acabar con ella.

–Ven.

–¿Adónde?

Sergei le apartó un mechón de pelo de la cara. Tenía la piel muy suave y podía sentir el aroma de su cabello.

–Tengo un salón privado para mi uso particular –le dijo–. Vamos a tomar una copa.

–Yo ya he bebido suficiente –dijo Hannah, riéndose.

Sergei sonrió.

–Entonces tomaremos el postre.

Hannah lo miró fijamente y, a pesar de su inocencia, Sergei se dio cuenta de que sabía perfectamente lo que iba a ocurrir. Se mordió el labio inferior y bajó la mirada un segundo durante el cual Sergei estuvo a punto de dejarla marchar y decirle que se fuera.

Que se olvidara de él. Pero entonces levantó la vista y vio mucha determinación en sus ojos azules.

–Te sigo –dijo con gesto despreocupado.

Sergei entrelazó los dedos con los de ella y la llevó a su habitación privada. Una vez allí, cerró la puerta tras de sí y se volvió hacia ella, sin molestarse en fingir que habían ido a tomar el postre o a tomar una copa.

–¿Qué...? –empezó a decir.

–¿Qué estoy haciendo? –terminó él al ver que no continuaba–. Voy a besarte.

–Besarme –murmuró Hannah con un sorprendente deseo. Apenas podía creer que estuviera ocurriendo, que un hombre tan poderoso y atractivo como Sergei Kholodov la deseara a ella. Se detuvo y soltó un suspiro que sonaba a rendición. Quería que ocurriera. El beso y mucho más, lo que fuera. Era muy inocente e ingenua, pero no tanto como para no ser consciente de adónde conduciría aquel beso. Sabía lo que quería Sergei... lo mismo que ella.

–Sí –murmuró él al tiempo que le tomaba el rostro entre ambas manos. Le acarició los labios con el dedo pulgar–. ¿Quieres que te bese?

Hannah se rió suavemente.

–Pareces un hombre de mundo. ¿A ti qué te parece?

Él también se rió y Hannah esperó con impaciencia. Deseaba que ocurriera, pero prefería que fuera él el que diera el primer paso.

Sergei sumergió las manos en su cabello y la atrajo hacia sí. Ella se dejó llevar y, entre los fuertes latidos de su corazón, inclinó la cabeza y aguardó a sentir el roce de su boca.

Fue tan fácil. Demasiado. Quizá se estuviera equivocando, pero no quería pensar en ello. No iba a ponerse a pensar en su inocencia, en su optimismo y en cómo le hacía recordar. Iba a limitarse a aceptar lo que ella le ofrecía porque era lo que hacía siempre y así había conseguido sobrevivir.

Era lo único que podía hacer y no podía cambiar.

Le acarició la mandíbula, la piel cálida y suave. Deslizó las manos por su cuello, bajo la melena y cuando la acercó hacia sí, ella se dejó llevar, tal y como Sergei había imaginado que haría.

El primer contacto con sus labios resultó deliciosamente doloroso porque Sergei no esperaba besarla con tanta suavidad, ni que le provocara tantas sensaciones. Por eso comenzó a besarla de un modo más intenso, sumergiendo la lengua en su boca, para echar a un lado tanta dulzura y sustituirla por algo más primario y menos peligroso.

De sus labios salió un ligero sonido, a medio camino entre la sorpresa y el gemido de placer. Le puso las manos en los hombros, pero Sergei no supo si lo hacía para aferrarse a él o simplemente buscaba un punto de apoyo.

Quería ser racional, pero su modo de actuar, la inocencia y la naturalidad con la que respondía hacían que le resultara muy difícil pensar de un modo racional, o simplemente pensar.

Bajó las manos por su cuerpo y las coló por debajo del vestido. Ella volvió a hacer el mismo sonido de sorpresa al sentir su mano en contacto con la piel del muslo. Era tan sincera con su cuerpo como con todo lo demás. Le levantó la pierna para que se la echara alrededor de la cintura y la apretó contra su inconfundible excitación.

Aquello bastó para poner un freno a la situación que, en cierto modo, era lo que Sergei quería, aunque todo su cuerpo protestara por culpa del deseo no satisfecho.

Por mucho que hubiese intentado demostrarse algo a sí mismo, seguía sintiéndose culpable.

Hannah se apartó ligeramente. Tenía la respiración acelerada y los labios entreabiertos, el pelo despeinado y las mejillas sonrojadas. Estaba preciosa.

–Todo esto va un poco rápido para mí.

Sergei sonrió.

–¿De verdad?

–Es maravilloso –afirmó con la misma sinceridad de siempre–. Pero yo... no estoy acostumbrada.

–Lo sé –dijo él–. Eres virgen, ¿verdad?

Hannah abrió los ojos de par en par y se ruborizó aún más, si era posible.

–Supongo que es evidente.

–Sí.

Ella apartó la mirada y se rió con cierta incomodidad.

–Debes de pensar que soy una tonta.

Sergei podría haber dicho que no, podría haberla estrechado en sus brazos y haberle dicho que era preciosa, atractiva, perfecta. Todo habría sido verdad. Después podría habérsela llevado a la cama y haberle hecho el amor durante toda la noche. Por la mañana ella se habría marchado. Muy fácil.

Pero Sergei no dijo nada.

Ella bajó la cabeza. Parecía tan joven y frágil. Sergei aún sentía el sabor de su boca en los labios. A punto estuvo de hablar, pero entonces ella dio un paso adelante, le puso las manos en el pecho e hizo que se le acelerara el corazón.

–De lo que se trata es de saber si a ti te importa –dijo suavemente, mirándolo a los ojos.

–¿Importarme?

Esa mirada y el modo en que se había acercado a él después de que la rechazara con su silencio hicieron que a Sergei le resultara imposible pensar.

Ninguna mujer lo había cegado de aquella manera. Hannah parecía tan dispuesta a dejarse hacer daño que Sergei sintió vergüenza, admiración y rabia al mismo tiempo. Nadie debería ser tan vulnerable porque sólo podría reportarle dolor y decepción.

–Que sea una tonta –aclaró con un suave susurro.

Sergei sintió el temblor de sus dedos y supo que tenía que poner fin a aquella situación y sabía bien cómo hacerlo.

–No me importa lo más mínimo –aseguró e hizo desaparecer el espacio que separaba sus bocas para besarla de una manera que nada tenía que ver con la dulzura del beso anterior.

Sintió su sorpresa antes de volver a intensificar el beso, exigiéndole que se rindiera.

Y eso hizo, su cuerpo se volvió suave y le echó las

manos alrededor del cuello. Sergei perdió cualquier atisbo de conciencia, arrastrado por un deseo que no era sólo físico. ¿Por qué le hacía sentir tanto aquella mujer tan irritantemente optimista? ¿Por qué despertaba esa necesidad en él, y sus recuerdos?

Le puso las manos bajo el trasero y la levantó del suelo, apretándola contra la pared. Ella le rodeó la cintura con las piernas. Sergei se olvidó de que lo único que pretendía era que ella lo apartara de sí, siguió acariciándola, tenía ya las manos sobre el encaje de su ropa interior.

–Sergei –susurró ella con la voz llena de deseo.

Sentía tal mezcla de emociones que ya no sabía distinguirlas, pero de pronto lo golpeó la lucidez y lo dejó helado.

Era virgen.

Y él estaba aplastándola contra la puerta, besándola de un modo que seguramente le dejaría los labios hinchados y quizá amoratados.

¿Qué demonios estaba haciendo? ¿Qué había hecho? Su intención había sido asustarla con un beso, pero aquello... En realidad ella aún no sabía qué hacía.

Él sí.

Se alejó de ella y se detestó a sí mismo con tal fuerza que fue como si un ácido estuviera corroyéndole el alma que creía perdida hacía tiempo.

–Sergei –dijo Hannah de nuevo, pero esa vez parecía una pregunta.

Una pregunta que él no podía responder. Se pasó las manos por el pelo, respiró hondo y soltó el aire de golpe. Hannah se colocó el vestido con manos temblorosas.

Era mejor así, pensó Sergei sin mirarla. Era mejor

poner fin a algo que nunca debería haber comenzado por el bien de los dos.

No era eso lo que debía pasar. Quizá fuera virgen, inocente y optimista, como había dicho Sergei, pero por muy positiva que fuera, Hannah sabía que aquello no tenía buen aspecto.

–Tengo la impresión de que soy más tonta de lo que pensaba –dijo por fin con apenas un hilo de voz, pero intentando sonreír porque no sabía qué otra cosa hacer.

–Sí –replicó Sergei con tono furioso.

Hannah no esperaba tal contestación. No podía quitarse de la cabeza lo que le acababa de hacerle sentir mientras la acariciaba, se preguntó qué habría pasado si él no se hubiese detenido y supo que, de haber continuado, ella no lo habría lamentado.

–Sergei, ¿por qué...?

–Vete a tu habitación –le dijo, como si fuera una niña desobediente–. Gregori se encargará de ti mañana.

–¿Cómo que se encargará de mí?

–De tu pasaporte y del vuelo –explicó y esbozó una sombría sonrisa–. Mañana a estas horas estarás muy lejos de aquí, *milaya moya.*

Hannah sabía que esas palabras querían decir «dulce mía». Sergei no le había parecido nunca tan cínico como cuando pronunció aquel apelativo cariñoso.

–¿Por qué me has apartado? –le preguntó.

–¡No seas tan ingenua, Hannah! –dio un paso hacia ella, con los ojos encendidos.

–Dímelo.

–¿De verdad quieres saberlo? Te lo diré. Te he apartado porque no me van las vírgenes, *milaya moya*, especialmente las que ni siquiera saben besar.

Eso le dolió.

–No te creo...

Sergei se echó a reír.

–Una cosa es ser optimista y otra es engañarse a una misma.

Hannah se cruzó de brazos y lo miró con la cabeza bien alta. El comportamiento de Sergei no tenía sentido. Ya sabía de antes que no tenía ninguna experiencia y sin embargo ella había sido testigo de su excitación; la había percibido en sus besos, en sus caricias. No se había apartado de ella porque no la desease. Entonces, ¿por qué?

Porque no quería hacerle daño.

La idea surgió en su mente de pronto. Quizá fuera cierto que se estaba engañando, pero Hannah tenía la sensación de que lo que ocurría en realidad era que Sergei era la persona más fría y cínica que había visto en su vida.

–No te creo –le dijo.

Él volvió a reírse.

–Es increíble que te empeñes de ese modo en querer ver lo mejor de la gente. Conmigo no tienes por qué esforzarte.

–Has sido muy amable conmigo.

–Ya te dije que todo el mundo actúa por algún motivo y que no suele ser nada bueno –dio otro paso hacia ella, con actitud amenazante–. ¿Quieres saber cuál era mi motivo, *milaya moya*?

–No me llames así.

–Es que eres muy dulce –le tocó la mejilla de un modo que la hizo estremecer–. ¿Por qué crees que in-

tervine cuando te robaron esos golfillos? Sólo qu
llevarte a la cama.

Hannah tragó saliva, pues no le gustaba nada lo que estaba haciendo.

–Entonces me parece que tienes que mejorar bastante tus técnicas de seducción porque al principio fuiste muy desagradable conmigo.

Detuvo los dedos un instante nada más, luego sonrió y a Hannah tampoco le gustó su sonrisa; era fría y calculadora.

–Pero funcionó, ¿no? Hace unos segundos podría haberte hecho mía aquí mismo, contra la puerta –le recordó, sonriendo aún más.

–¿Entonces por qué te has detenido?

–Porque has dejado de interesarme.

Al oír eso, Hannah se atrevió a bajar la mirada hasta el lugar de su anatomía que demostraba lo mucho que la había deseado.

–Puede que sea virgen, Sergei, pero no soy tan inocente.

Sergei bajó la mirada también, no tardó en reaccionar.

–Por supuesto que podría haberme desahogado, pero tengo gustos más sofisticados y la verdad es que no merece la pena tanto esfuerzo. Es muy cansado acostarse con una virgen y luego soléis poneros muy sentimentales. No quiero tener que aguantar tu llanto.

Cada una de sus palabras era como un puñetazo en la boca del estómago. Quizá sí se estuviera engañando.

Pero entonces levantó la mirada y vio lo tenso que estaba. Si realmente sintiera lo que decía, si le despertase tanto aburrimiento, ya se habría dado media vuelta y la habría dejado allí en lugar de seguir mirándola con el cuerpo rígido, como si estuviera esperando.

...sa vez fue ella la que se acercó y le puso la mano ... la mejilla suavemente.

–No, Sergei. No me lo ceo. Estás intentando apartarme de tu lado, pero no comprendo por qué. Puede que tengas miedo de hacerme daño, o simplemente tienes miedo. No soy tan tonta de pensar que lo de esta noche pudiera ser nada más que eso, una noche, pero... –tragó saliva y sintió cómo él apretaba la mandíbula–. Pero también sé que no me estás diciendo la verdad –aseguró con la certeza de que no eran imaginaciones suyas.

–Sergei.

Hannah se quedó inmóvil al oír que se abría la puerta y ver aparecer a una mujer. Llevaba puesto un estrechísimo vestido de lycra negra que apenas le cubría los muslos, botas altas con tacón de aguja y mucho maquillaje en la cara. Era muy guapa, pero tenía un aspecto barato y demasiado explícito. Por el modo que sonrió a Sergei, estaba claro que se conocían bien.

Dijo algo en ruso, entre risas que hacían pensar que estaba borracha.

–No –dijo, apartándose de Hannah, pero abandonando el ruso para que ella pudiera entender lo que decía–. No interrumpes nada, Varya. En realidad te estaba esperando –añadió con más suavidad.

Hannah presenció con horror cómo Sergei se acercó a aquella mujer y le pasó el brazo por la cintura. Ella se dejó abrazar y apoyó la cabeza en su hombro como si fuera algo habitual. No comprendía por qué, pero al ver aquello fue como si el mundo entero se le derrumbara.

Era extraño, surrealista como todo lo sucedido aquella noche. Era como si la actitud de Sergei demostrara que los valores en los que Hannah basaba su vida no tenían ninguna validez; de pronto todo en lo que creía le parecía falso y todas las afirmaciones de Sergei se volvieron realidad. Su optimismo no era más que las falsas ilusiones de una ingenua.

Era cierto que se había engañado.

–Será mejor que me vaya y os deje a solas –dijo cuando por fin encontró fuerzas para hablar.

Varya la miró con los ojos empañados, pero Sergei sonrió con frialdad.

–Sí, vete –le dijo y se volvió hacia Varya.

Hannah salió de la habitación y a su espalda oyó que Sergei le susurraba algo cariñoso a Varya. Entonces se detuvo porque había algo que no encajaba. Un hombre de gustos sofisticados, como él mismo había dicho, no habría elegido a una mujer con un aspecto tan cansado como Varya.

¿Qué estaba ocurriendo?

Aún tenía la mano en el picaporte, así que volvió a entrar. Varya tenía aún la cabeza apoyada en el hombro de Sergei, que la miraba con una enorme tristeza. En ese momento levantó los ojos y, al verla de nuevo en la puerta, se quedó helado, más frío que nunca.

Hannah no habría sabido decir dónde encontró aquellas palabras, sólo sabía que lo decía completamente en serio.

–Eres mejor persona de lo que crees, Sergei.

Algo cambió en su rostro, pero Hannah no tuvo tiempo de interpretarlo.

–Te engañas –murmuró él y se dio media vuelta.

Hannah pensó que debía de tener razón y se marchó sin decir nada más.

Sergei oyó la puerta al cerrarse y soltó el aire que, sin darse cuenta, había estado conteniendo.

–Siempre eres tan bueno conmigo –murmuró Varya en ruso.

Apestaba a vodka barato.

–¿Has visto a Grigori?

–No quiero que me vea así –dijo ella entre sollozos. Siempre se ponía muy sentimental cuando bebía.

Sergei se la llevó de allí, pero no podía quitarse de la memoria el rostro de Hannah, el dolor de sus ojos le quemaba el alma y lo llenaban de remordimientos. Unos remordimientos que no podía permitirse. Sabía que era mejor así. Varya no podría haber aparecido en mejor momento para ayudarlo a librarse de Hannah y destruir las ilusiones que ella misma se había forjado con su optimismo desmesurado.

«Eres mejor persona de lo que crees».

Era increíblemente ingenua.

Llegaron a las habitaciones reservadas para uso exclusivo de Varya cuando aparecía de manera regular pero impredecible. Todos los empleados del hotel sabían que debían dejarla entrar en cualquier momento y llegase en las condiciones que llegase. Nadie tenía un acceso tan ilimitado y tan fácil a él.

–Eres tan bueno conmigo –volvió a decirle mientras le preparaba un baño caliente–. Deberías hacer que no me conoces y no volver a hablarme.

–Jamás podría hacer eso, Varya. Nos conocemos desde la infancia.

–Si es que a eso se le puede llamar infancia –respondió ella.

Cada vez que aparecía tenía peor aspecto. Las arrugas, los ojos rojos... eran signos de una vida que Sergei había intentado cambiar una y otra vez, pero Varya se sentía incómoda en el nuevo ambiente de Sergei, por eso sólo acudía a él cuando estaba desesperada y se marchaba tan pronto como podía.

–Eres muy bueno, pero estás tan solo, Serozyha –le dijo, llamándolo por su apodo de niño–. No dejas que nadie se acerque a ti realmente, ni siquiera a mí.

–Es difícil deshacerse de las malas costumbres, Varya.

–Quiero que seas feliz.

¿Feliz? Sergei no recordaba la ultima vez que había sentido tal emoción, o si la había sentido alguna vez. Había experimentado satisfacción, triunfo, pero jamás una alegría intensa y sincera.

–Vamos a ocuparnos de ti –la ayudó a desnudarse como si fuera una niña y, una vez en la bañera, la dejó a solas para que pudiera relajarse, pero dejó la puerta entreabierta para asegurarse de que estaba bien en todo momento.

Apenas había salido del baño llegó Grigori. Estaba muy pálido, a excepción de la mancha de nacimiento que había llevado a sus padres a abandonarlo y que había llenado de sufrimiento su paso por el orfanato.

–Sergei, siento que Varya te interrumpiera cuando...

–No pasa nada –lo interrumpió enseguida–. Me alegro de que me haya encontrado.

Su ayudante parecía muy preocupado. Grigori nunca le había dicho que estuviera enamorado de Varya, pero era más que evidente.

–¿Está...?

–Necesita un baño, una comida caliente y unas cuantas horas de sueño.

Grigori asintió, aunque ambos sabían que Varya necesitaba mucho más que eso, igual que sabían que jamás aceptaría su ayuda. La vida en la calle siempre había sido mucho más dura para ella; una mujer era más vulnerable.

–¿Y la señorita Pearl...? –preguntó su ayudante titubeando.

Sergei apartó la mirada. Aún podía sentir la suavidad de su mano en la cara, la amabilidad de sus palabras. Había querido creer en él, pero Sergei se alegraba de haber podido demostrarle que no merecía la pena.

–Quiero que mañana la ayudes a conseguir un nuevo pasaporte y un visado de salida del país –le dijo a Grigori–. Yo no tengo intención de volver a verla.

Capítulo 5

Un año después

Sergei observó el perfil de Manhattan mientras el resto de ejecutivos lo miraban a él con gesto incómodo. Estaba a punto de firmar el contrato por el cual iba a adquirir la empresa de aquellos hombres, la reunión no era más que un mero formalismo y ya estaba durando demasiado.

–Vamos a firmar –anunció.

Estampó su nombre en media docena de documentos, pero seguía teniendo la mente en el paisaje de la ciudad.

«Hadley Springs... unas cuatro horas al norte de la ciudad de Nueva York».

Había pasado todo un año y no la había olvidado. No había olvidado una sola cosa de aquella noche, ni de Hannah Pearl.

Se levantó de la mesa mientras los demás seguían hablando y volvió junto a la ventana.

¿Habría cambiado? ¿Seguiría siendo tan ingenua, optimista y natural como aquella noche?

«Eres mejor persona de lo que crees».

O quizá la vida le había enseñado algo por fin y la había obligado a desarrollar una actitud más dura y cínica. Quizá había sido él el que se lo había enseñado. La idea le provocó una extraña y absurda sensación de pérdida. Todo el mundo necesitaba endurecerse para sobrevivir.

¿Seguiría teniendo la tienda? Le había parecido que tenía una vida muy solitaria, esforzándose en sacar adelante un negocio que ni siquiera le gustaba y que sin embargo no abandonaba por lealtad a sus padres, y quizá impulsada por un optimismo que le hacía pensar que podría hacerlo funcionar. Sergei sabía lo suficiente del mundo de los negocios como para estar seguro de que una pequeña tienda en medio de ninguna parte no tenía ningún futuro.

Quizá se había ido del pueblo. Quién sabía, quizá había vuelto a la universidad. O quizá estuviera casada.

«No sabría dónde ir».

Era increíble que siguiera acordándose de tantas cosas y que aún pensara tanto en ella, por mucho que intentara no hacerlo. Era increíble que una sola noche hubiera tenido tal efecto en su vida.

Unos meses después de que Hannah se marchara gracias a los documentos y al billete de primera que le había conseguido Grigori, Sergei había hecho algo que jamás habría creído que haría.

Se había puesto en contacto con un detective privado y le había encargado que buscara a Alyona. Hacía más de veinte años que no la había visto, desde que ella tenía cuatro años y él catorce, una edad a la que ambos habían quedado ya marcados por la vida. El detective seguía investigando, aunque en dos ocasiones Sergei le había pedido que lo dejara porque no estaba seguro de querer saber nada, pero entonces había recordado a Hannah y su cándida sonrisa.

«Dime una sola cosa buena que te haya pasado. O mejor aún, una persona realmente buena que hayas conocido. Alguien que te haya cambiado la vida».

En ambas ocasiones le había pedido al detective que siguiera indagando. Quizá después de tantos años, Sergei quería creer, igual que Hannah, que había personas buenas en el mundo.

«Eres la persona más optimista, agradable e irritantemente optimista, que he conocido».

Resultaba muy frustrante no ser capaz de sacársela de la cabeza. Seguía poniéndolo furioso.

–Señor Kholodov...

Por fin se apartó de la ventana y prestó atención a los ejecutivos a los que llevaba un rato sin escuchar, pero no pudo hacerlo por mucho tiempo. Su pensamiento volvió a Hannah. Hadley Springs estaba a sólo cuatro horas. En sólo unos minutos podría averiguar si seguía viviendo allí y hacerse con su dirección. Si era así, podría alquilar un coche y estar allí esa misma tarde.

La idea lo sorprendió, pero lo cierto era que le pareció bien. Muy bien. Podría volver a verla y satisfacer por fin su curiosidad. Y quizá algo más, pensó recordando la atracción que había estallado entre ambos. Quizá si satisfacía el deseo que ella había despertado, podría por fin olvidarla.

¿No era eso lo que quería?

¿O acaso lo que quería era simplemente volver a verla?

El caso era que Sergei siempre había sido un hombre de acción. Se dirigió a los hombres reunidos alrededor de la enorme mesa.

–Caballeros, creo que hemos terminado.

Se oyó la campanilla de la puerta de la tienda. Hannah levantó la mirada de los libros de contabilidad.

Era Lisa, que le llevaba más prendas tejidas a mano por ella. Lisa había entrado en la tienda una fría mañana de primavera, hacía poco que Hannah había regresado de Moscú y se había estado sintiendo especialmente baja de ánimo. Acababan de despedir al marido de Lisa y ella necesitaba ganar un poco de dinero, por lo que le había propuesto a Hannah vender allí las cosas que hacía y dar clases de punto para atraer algunos clientes más. Ambas cosas habían funcionado muy bien, pero no bastaban para sacar a flote el negocio. Ésa era la conclusión a la que había llegado Hannah durante los últimos meses.

–¿Qué vas a hacer? –le preguntó Lisa, que se había convertido en una gran amiga y por eso adivinaba rápidamente cuando Hannah estaba preocupada.

–Seguir adelante todo el tiempo que pueda, supongo –admitió Hannah frotándose la frente porque empezaba a sentir un intenso dolor de cabeza.

–Podrías venderla.

Hannah se quedó inmóvil. No estaba segura de tener fuerzas para seguir luchando por la tienda, pero sabía que no quería hacerlo. Lisa y ella ya habían hablado de ello en otras ocasiones, pero era la primera vez que le sugería la posibilidad de venderla de manera directa. Supondría abandonar todo aquello en lo que habían creído sus padres... o en lo que ella pensaba que habían creído.

Sergei Kholodov le había hecho cuestionarse ciertas cosas y después, a su regreso de Rusia, había descubierto que la habían engañado... todo eso la había hecho cambiar. Quizá para siempre.

–No estoy preparada para vender –le dijo a Lisa–. Y tampoco sé si habría alguien interesado en comprarla.

–No lo sabrás hasta que lo intentes.

Hannah meneó la cabeza. Aquella tienda era todo lo que le quedaba de sus padres. La idea de venderla le provocaba tristeza, miedo y cierta culpa, porque en parte se moría de ganas de hacerlo.

«No sé dónde iría».

Era curioso que todo hubiese comenzado con Sergei. Por mucho que intentara no pensar en él, no podía evitarlo; se colaba en su cabeza una y otra vez. Con unos cuantos comentarios y un beso demoledor había conseguido despertar sus dudas y echar abajo todas aquellas cosas de las que había estado segura, lo que había provocado una verdadera reacción en cadena que había dejado su vida aplastada y vacía.

Ahora ya no estaba segura de nada, ya no era irritantemente optimista. Claro que eso a él no le importaría porque seguramente ni se había parado a pensar en ella una sola vez.

«No me van las vírgenes, especialmente las que ni siquiera saben besar».

El recuerdo de aquellas palabras seguía haciéndola estremecer. ¿En qué habría estado pensando para decirle que no le creía e insistir en que sí la deseaba? Aún se sonrojaba de humillación al acordarse. Ahora sabía que Sergei no había sentido el menor interés por ella.

Se esforzó en apartar todo aquello de su mente y miró a su amiga.

–No deberías sugerirme que vendiera la tienda, te recuerdo que también es tu fuente de ingresos –le dijo en tono animado.

Lisa sonrió con pesar.

–No es que me esté haciendo rica precisamente, Hannah. Lo que quiero es verte feliz.

–Soy feliz –aseguró de manera automática, aunque fuera mentira. No era feliz, al menos no como lo había sido en otro tiempo, o como había creído serlo. Irritantemente optimista. Se preguntó si sabría volver a ser feliz, y si sería posible serlo.

Quizá simplemente había madurado.

–Debería irme –dijo Lisa–. David tiene una entrevista de trabajo y quiero estar en casa cuando vuelva.

–Espero que le haya ido bien.

–Yo también –respondió su amiga poniéndole una mano en el hombro–. Cuídate, guapa, y piensa lo de vender.

Hannah se limitó a asentir y a mirar a otro lado porque su amiga veía demasiado en sus ojos. Por ahora, la mera idea de vender la tienda hacía que se sintiera culpable.

«Todos debemos tener nuestro propio sueño».

Resopló con frustración porque le molestaba seguir pensando en Sergei Kholodov y seguir recordando todas y cada una de las palabras que le había dicho. Había pasado un año desde que habían cenado juntos, desde que se habían besado. Un beso que no había podido olvidar, con el que seguía soñando y que seguía llenándola de deseo.

Guardó los libros de contabilidad en el cajón con la intención de dejar la decisión para otro momento. Estaba agotada. Llevaba todo un año centrada en aquel negocio, haciendo todos los cambios que podía permitirse, pero nada era suficiente. No tenía hipoteca y ganaba lo bastante para llevar una vida modesta, pero eso era todo. Una mala temporada, una avería imprevista o un accidente y estaría al borde de la ruina.

Volvió a sonar la campana de la puerta y Hannah levantó la cara con una sonrisa en los labios para saludar a un posible cliente. Pero la sonrisa se le congeló en los labios al ver al hombre de traje oscuro que había en la puerta de la tienda.

Era Sergei.

Seguía igual. Exactamente igual. Sergei sintió algo parecido a la alegría al ver a Hannah frente a él, con el pelo cayéndole alrededor de la cara y los ojos tan grandes y azules como los recordaba. Sonriendo. Siempre sonriendo. Quizá incluso se alegrara de verlo.

Después de que Grigori le hubiera confirmado que Hannah seguía viviendo en Hadley Springs, Sergei había alquilado un coche y había conducido toda la tarde hasta llegar a un pueblo donde ningún negocio podría prosperar. Había visto varios locales cerrados y otros disponibles para alquilar, pero el lugar no era para nada una atracción turística. De hecho le sorprendía que Hannah siguiera allí.

–Hola, Hannah.

Vio cómo la sonrisa desaparecía de su rostro y dejaba paso a un vacío que conocía bien, un gesto carente de expresión que él utilizaba desde que, a una edad muy temprana, se había dado cuenta de que la risa y las lágrimas sólo valían para recibir castigos. Era mejor guardar silencio y no revelar lo que sentía.

Pero no era eso lo que habría esperado ver en Hannah.

–¿Qué estás...? –hizo una pausa para humedecerse los labios, tan rosados como siempre, y empezó de nuevo–: ¿Qué estás haciendo aquí?

–Desde luego no he venido a hacer turismo –dijo él esbozando una sonrisa–. He venido a verte.

–A verme –repitió Hannah.

Al principio le pareció incrédula, lo cual era lógico, pero entonces soltó una fría carcajada y se dio cuenta de que actuaba como él. Se había vuelto cínica.

Quizá ya no fuera la misma después de todo.

Hannah miró a Sergei sin poder creerlo, como si en cualquier momento fuera a desaparecer como un espejismo. No podía ser cierto que hubiera ido a verla. Era imposible, ridículo. Y sin embargo era real, puesto que allí seguía, sonriendo y esperando.

¿Esperando, qué?

No comprendía nada. Si cerraba los ojos, aún podía ver con claridad la sonrisa gélida que le había dedicado mientras le pasaba el brazo por la cintura a aquella mujer, Varya. ¿Qué demonios hacía allí ahora?

Levantó la cabeza bien alta y lo miró fijamente.

–¿Qué es lo que quieres?

–Ya te lo he dicho, quería verte.

–¿Por qué?

La recorrió con la mirada lentamente con una extraña emoción en el rostro que Hannah no supo identificar porque desapareció enseguida.

–Quería ver si seguías siendo la misma.

–¿Qué quiere decir eso? Soy un año más vieja –respondió con ironía y se puso a doblar de nuevo las prendas que había llevado Lisa. Le temblaban las manos.

–Y quizá más sabia.

Se echó a reír antes de volver a mirarlo.

–¿Si te refieres a si sigo siendo irritantemente optimista? No, ya no lo soy.

–También dije que era muy agradable.

–No importa –apoyó la mano con fuerza sobre el mostrador con la esperanza de que así dejara de temblar. ¿Por qué seguía afectándole tanto aquel hombre? Sólo había pasado una velada con él. Un solo beso.

Pero lo cierto era que al verlo había tenido la sensación de haber estado esperándolo. Recordaba perfectamente sus ojos azules, su mandíbula, el tacto de sus labios.

–¿Y bien? –le preguntó–. ¿Estás satisfecho ya?

–Ni mucho menos.

Hannah meneó la cabeza.

–No comprendo qué haces aquí, Sergei.

Él esbozó una sonrisa suave y sorprendentemente amable que nada tenía que ver con el hombre que recordaba. Un hombre frío, calculador, cruel.

–Yo tampoco.

–Entonces quizá deberías marcharte.

–He tardado cuatro horas en llegar, no voy a marcharme tan rápido. Y... –bajó la voz para añadir en un tono que Hannah recordaba bien– tampoco creo que quieras que me vaya.

–No sabes nada de mí.

–¿Estás segura? –dijo con aire provocador.

–Completamente. Me han pasado muchas cosas en este último año. Supongo que en Moscú te parecí muy ingenua y simple, pero he cambiado y la verdad es que no consigo entender qué haces aquí, ni qué quieres.

–¿Por qué estás tan enfadada?

–¿Por qué? –clavó la mirada en él–. ¿Me lo preguntas en serio? ¿Después de cómo me trataste y cómo me hiciste sentir?

–Hace ya un año de eso, Hannah.

–Sí, pero tu aparición ha hecho que volviera a recordarlo todo.

–Tengo una teoría –dijo al tiempo que daba un paso hacia ella.

Pero Hannah puso los brazos en jarras y lo miró de la manera más feroz que sabía.

–No tengo ningún interés en oír tus teorías.

Lo vio sonreír y su cuerpo volvió a reaccionar de inmediato.

–Vamos, déjame que te lo cuente –le pidió y al ver que ella se encogía de hombros, se dispuso a hacerlo–: Estás enfadada porque mi presencia sigue afectándote. Si me hubieras olvidado, como sin duda deberías haber hecho, ahora no me estarías mirando como si quisieras arrancarme el corazón con tus propias manos.

En contra de su voluntad, en sus labios apareció una ligera sonrisa y se le aceleró el corazón al oír aquellas palabras tan certeras.

–Entonces tengo razón.

–Según tu teoría.

–No es sólo una teoría –dijo él suavemente, al tiempo que se acercaba un poco más–. Puedo demostrarlo –añadió mientras le ponía una mano en el cuello, donde pudo sentir su pulso acelerado.

Hannah se sonrojó y deseó con todas sus fuerzas poder decir algo muy cortante, o al menos ser capaz de alejarse de él. El problema era que era una maravilla volver a estar cerca de él y sentir su mano en la piel.

–Lo que ocurre... –siguió diciendo Sergei sin dejar de acariciarla– es que a mí también me afecta tu presencia.

Hannah meneó la cabeza instintivamente.

–No es cierto. Tú no te dejas afectar por nada. No sé a qué has venido, Sergei, pero... –por fin consiguió dar un paso atrás–. Supongo que ya habrás satisfecho tu curiosidad.

Apartó la mano, pero siguió mirándola con gesto pensativo.

–Ni mucho menos.

–¿Qué es lo que quieres entonces?

–Cenar contigo.

–¿Cenar?

–Ya sabes, comida, vino...

El recuerdo de otra cena y de otra noche invadió la mente de Hannah. Sabía que debía decirle que no, pero algo se lo impedía, sólo podía mirarlo. Sergei sonrió.

–Seguro que hay algún restaurante medio decente en esta zona.

–Sólo medio –admitió Hannah.

Su sonrisa aumentó.

–Enséñamelo.

A pesar de su intención de decirle que no, cuando abrió la boca de sus labios salió algo muy diferente, algo que no pudo evitar decir, ni sentir, en contra del sentido común.

–Está bien.

Capítulo 6

SERGEI observó a Hannah por encima de la copa de vino. Parecía enfadada. Ni rastro de su luminosa sonrisa. No sonreía ni para él, ni para nadie. Se preguntó cómo había sido su vida en ese último año y hasta qué punto había cambiado.

Estaban en el mejor restaurante de la zona, el de un acogedor hotel situado a unos treinta kilómetros de Hadley Springs cuya dirección le había dado Grigori por teléfono a Sergei. Mientras, Hannah había ido a su casa a cambiarse. Se había puesto un vestido negro que a él le parecía una bolsa de basura, se había recogido el cabello y no se había puesto ni una gota de maquillaje. Seguramente era una manera de darle a entender algo.

Pero su cuerpo decía algo muy distinto. Lo mismo que el de él. Por eso estaba allí.

–Cuéntame qué has hecho en este año –le pidió.

Ella lo miró con gesto asombrado.

–¿De verdad quieres saberlo?

–Si no, no te lo preguntaría.

Sabía que merecía aquella hostilidad. Había sido cruel con ella deliberadamente, así que era lógico que no lo hubiera recibido con los brazos abiertos. Clavó la mirada en el vino y deseó dejar de sentirse culpable, como si realmente le importara aquella mujer. ¿Qué demonios estaba haciendo allí?

Hannah meneó la cabeza lentamente.

–¿Qué crees que he estado haciendo? Trabajar, pagar facturas y tratar de sobrevivir.

–¿Has hecho algún curso de poesía?

Lo miró durante unos segundos antes de responder.

–No –no había tenido dinero, ni tiempo, ni ganas–. ¿A qué has venido, Sergei? –le preguntó con voz tranquila–. ¿Qué es lo que quieres?

Él no respondió de inmediato, por lo que Hannah levantó la mirada del plato y descubrió una extraña tristeza en sus ojos.

–Quería volver a verte –dijo por fin y sonó muy sincero, seguramente más de lo que él mismo habría deseado.

–No fue ésa la impresión que me dio la última vez que te vi.

–Entre nosotros sigue habiendo algo, *milaya moya.*

–No me llames así –respondió ella. Había pasado todo un año y el recuerdo seguía resultándole doloroso.

–¿Acaso puedes negarlo?

–Tú lo hiciste –le recordó–. Me dijiste claramente que ya no tenías ningún interés por mí y que no merecía la pena el fuerzo. Que no te iban las vírgenes, especialmente las que ni siquiera sabían besar –hizo una pausa para tomar un largo trago de vino–. Por suerte, eso ya no es ningún problema.

Vio el modo en que Sergei apretó su copa y sintió una enorme satisfacción. Pero también se arrepintió de haberle dado tal información, a pesar de que se alegraba de que ya lo supiera porque era la prueba de que lo había olvidado. Lo que él no sabía era que su relación con Matthew había sido un auténtico desastre, una dolorosa humillación.

–Es un alivio –dijo él en el momento que llegaban los platos.

Ambos empezaron a comer y no hablaron durante varios minutos. Hannah sentía una incómoda presión en su interior. Tenía que decir algo o hacer algo. Resultaba muy extraño y frustrante ver allí a Sergei y saber que había ido hasta Hadley Springs a verla... ¿por qué?

No tardó en darse cuenta y comprender que un hombre como Sergei, poderoso y atractivo, sólo pretendía acabar lo que había empezado en Moscú. Porque entre ellos había surgido algo muy intenso que, tal y como había dicho él, seguía estando ahí. Por mucha rabia que le diera, Hannah no podía negar la atracción que ambos sentían.

–Así que has mantenido abierta la tienda de tus padres –comentó él después del largo silencio.

–No sé si por mucho tiempo –respondió sinceramente–. No tardaré en tener que venderla o cerrarla.

–¿No da dinero?

–¿Tú qué crees? –le preguntó con una fría sonrisa–. Está en medio de ninguna parte.

–Entonces márchate.

–No es tan sencillo.

–Podría serlo.

Hannah lo miró fijamente.

–¿A ti qué más te da?

Había empezado a levantar los hombros con arrogancia, pero entonces se detuvo y volvió a mirarla.

–No lo sé –admitió.

Hannah aún lo deseaba desesperadamente, a pesar

de todo lo ocurrido, quería volver a sentir sus caricias y sus besos. Lo deseaba tanto como antes, o quizá más. Y si él también la deseaba...

Quizá fuera posible compartir una noche y luego podría ser ella la que se marchara.

–¿En qué piensas? –le preguntó él con voz grave.

Hannah se sobresaltó.

–¿Por qué? –preguntó, apartando la mirada de él.

–Porque se te han sonrojado las mejillas y tienes las pupilas tan dilatas que parece que tuvieras los ojos negros.

Hannah se imaginó que le contaba la verdad. «Estaba pensando en acostarme contigo». ¿Qué habría hecho él? ¿Se echaría a reír? Quizá se había equivocado de nuevo y él la rechazaría por segunda vez.

Por tercera, si contaba a Matthew, aunque esa había sido la menor de sus humillaciones.

–Sigue preguntándotelo –le dijo en tono de coqueteo.

¿Qué estaba haciendo?

Sergei la miró de nuevo.

–Entonces has hecho algo más que trabajar y pagar facturas.

–Comer y dormir.

–Y hacer el amor –añadió Sergei en un tono que hizo que Hannah se preguntara si estaba celoso.

El amor no había tenido nada que ver en su relación con Matthew. No había habido ni amor, ni respeto, ni alegría, pero no tenía la menor intención de contarle eso a Sergei. No quería pensar en Matthew, pero no soportaba la actitud de Sergei.

–No tienes derecho a estar celoso. Dijiste que no te iban las vírgenes y seguramente tú te hayas acostado con decenas de mujeres en este año.

–No tantas.

Le sostuvo la mirada con gesto desafiante.

–No voy a discutir las cifras –seguía molesto, incluso enfadado–. ¿A qué viene ese comportamiento tan prehistórico? ¿Qué es esto, el típico «a mí no me interesa, pero tampoco quiero que esté con nadie»?

–Yo nunca dije que no me interesaras.

–Claro que lo dijiste. Tus palabras fueron que había dejado de interesarte.

Sergei se quedó callado un momento, observándola detenidamente.

–Pues he recuperado el interés.

Hannah lo miró atónita y se echó a reír.

–Vaya, muchas gracias, pero resulta que tú a mí no me interesas.

Sergei reaccionó como si le hubiera dado una bofetada, había insultado su masculinidad. Se inclinó hacia ella y la miró a los ojos.

–Claro que te intereso. Tú me deseas, Hannah.

No podía negarlo mientras su corazón latía como si quisiera escapársele del pecho y un extraño calor la invadía por dentro. Además, acababa de estar pensando en acostarse con él.

Y Sergei lo sabía.

–Me deseas y yo a ti –aclaró él–. Así de sencillo.

No tenía nada de sencillo... Pero ¿por qué no habría de serlo? ¿Por qué no habría de acostarse con él? ¿Ya no se engañaba sobre el amor, ni albergaba falsas esperanzas sobre que Sergei, o cualquiera otra persona, fuera mejor de lo que nadie pensaba? No había motivo para no hacer lo que le pedía el cuerpo y satisfacer su deseo.

Después haría lo que le decía la cabeza y quizá también el corazón. Se alejaría de él.

Sería capaz de hacerlo porque ya no era la misma mujer que un año antes había mirado a Sergei y prácticamente le había suplicado que la deseara. Ahora era más sabia y estaba más desengañada.

Sonrió lentamente, con sensualidad, y vio cómo se le dilataban las pupilas a Sergei.

–Tienes razón –dijo en un suave murmullo–. Es cierto que te deseo.

Sergei abrió los ojos de par en par, con sorpresa. ¿Qué esperaba, que mintiera? Siempre había sido muy sincera con él. Pero ahora ya no era tan cándida.

–Y, puesto que parece que tú vuelves a desearme a mí... –dijo y dejó la frase a medias deliberadamente, a pesar de lo doloroso que le resultaba aquel jueguecito.

¿Qué estaba haciendo?

–¿Qué es lo que sugieres? –le preguntó él.

–¿Tú qué crees?

–No juegues conmigo, Hannah.

–¿A ti te parece un juego? –le preguntó con un hilo de voz.

–No, lo cierto es que no.

Hannah tragó saliva. No era eso lo que esperaba cuando había accedido a cenar con él. Ni siquiera se había permitido pensar en lo que podría ocurrir si compartían una segunda velada.

Sergei se puso en pie.

–¿Dónde vas?

Se miraron a los ojos el uno al otro con deseo. Él le tendió una mano.

–¿Tú qué crees? –le dijo suavemente a la espera de que aceptara su mano–. Arriba.

Capítulo 7

ARRIBA.

Hannah miró la mano que le había tendido Sergei y supo que, si la aceptaba, estaría diciendo que sí. Estaría diciendo que sí a una sola noche, a una aventura sin importancia y sin ataduras. Algo se estremeció dentro de ella al pensar en ello, quizá fuera esperanza.

¿Acaso no era lo que quería? Ya no creía en el amor; no aguardaba un final feliz, desde luego no con Sergei. Sin embargo entre ellos latía una atracción innegable, un terremoto de deseo que amenazaba con arrastrarla. ¿Por qué no dejarse llevar? Sólo por una noche, sin ataduras sentimentales, ni compromisos. Sólo sexo.

–¿Asustada?

Hannah lo miró a los ojos, con el corazón latiéndole en la garganta, y le agarró la mano. Él la ayudó a ponerse en pie y salieron en silencio del restaurante.

¿Qué estaba haciendo?

Apenas podía creer que hubiese aceptado su mano y que estuviese dejando que la llevara escaleras arriba, hasta la suite Adirondack.

–Espera... ¿ya tenías habitación? ¿Es que pensabas que...?

Sergei se volvió a mirarla con una media sonrisa en los labios.

–Había reservado una habitación para mí. Necesitaba algún lugar donde pasar la noche.

Hannah no dijo nada.

–¿Te estás arrepintiendo? –le preguntó él mientras abría la puerta.

–No. Pero no me gustaba que hubieras creído que me tenías en el bolsillo.

Sergei la miró fijamente unos segundos.

–Te has vuelto bastante cínica, ¿no? –le dijo, casi con tristeza.

–Más bien realista –matizó ella al tiempo que entraba en la habitación.

Mientras Sergei encendía la chimenea, Hannah se quedó junto a la ventana con la mirada perdida en la oscuridad del paisaje. Estaba todo muy tranquilo, el silencio era tal que podía oír los latidos de su propio corazón. Sergei debió de percibir su nerviosismo.

–Te estás arrepintiendo –afirmó esa vez.

–No –insistió Hannah–. Es que todo esto es un poco... extraño. Yo no... –se detuvo y se encogió de hombros.

Sergei no tardaría en darse cuenta de que seguía sin tener demasiada experiencia en asuntos de cama, sólo unos cuantos encuentros furtivos. Ésa era su triste historia.

–Lo sé –dijo él.

–¿Qué es lo que sabes?

–Que esto no es habitual para ti –adivinó mientras se acercaba a ella.

–¿Por qué estás tan seguro? Quizá haga estas cosas todos los días.

–No, no las haces.

Dio un paso más, Hannah ya podía sentir el olor de su loción de afeitado, que tanto había recordado en ese último año. Le apartó un mechón de pelo de la cara y, con sólo rozarla, le provocó un escalofrío. Sergei sonrió, consciente del efecto que provocaba en ella.

–¿Es que te crees alguien especial o algo así? –le preguntó Hannah, fingiendo despreocupación.

–No, yo no soy especial, pero tú sí.

Hannah no esperaba semejante contestación y de pronto sintió que se le llenaban los ojos de lágrimas.

–Sergei...

–Calla –le tomó el rostro entre las manos y la miró a los ojos como si pudiera ver su alma–. Nunca he perdido el interés por ti –añadió antes de besarla.

Hannah creía que sería un beso apasionado, arrollador, pues se había convencido de que eso era lo único que podría haber entre ellos. Sin embargo el beso de Sergei fue una suave caricia, tan dulce como el néctar. ¿Cómo podía ser tan delicado un hombre tan frío? Ella se quedó inmóvil al oír sus palabras, preguntándose si estaría diciéndole la verdad, desde luego el beso hacía pensar que sí. Resultaba increíblemente tierno, maravilloso y sorprendente. Abrió la boca bajo la de él para dejar paso a su lengua, que rozó la de ella a modo de pregunta.

Una pregunta que Hannah sólo podía responder con un rotundo sí.

Se abrazó a él, pegándose a su cuerpo y dejándose explorar por su boca, que ahora le recorría el cuello. Sintió el roce de su lengua en la piel y apenas dejó de besarla para llevarla hasta la cama. La miró a los ojos fijamente mientras le bajaba la cremallera del vestido, que cayó al suelo de inmediato, dejándola en ropa interior. Sintió un escalofrío a pesar del calor del fuego y de la mirada de Sergei. Hannah no tenía mal cuerpo, pero sabía que no era nada especial; no tenía los pechos grandes, ni la cintura pequeña. Y seguramente Sergei habría estado con verdaderas modelos...

Hannah tragó saliva y volvió a estremecerse. Sergei le acarició el brazo lentamente.

–No sientas vergüenza. Ni miedo.

–Sé que no soy como...

–No –se apresuró a decir él–. Eres mejor.

Lo miró a los ojos y creyó sus palabras. Matthew nunca le había dicho que fuera guapa, nunca habían hablado demasiado porque sus encuentros habían sido apresurados, furtivos. Hannah había tardado un tiempo en descubrir por qué, cuando ya era demasiado tarde. Entonces había sentido vergüenza y dolor.

Apartó aquellos pensamientos de su mente para que no estropearan aquel momento perfecto, lo que había entre Sergei y ella, que en ese instante le parecía perfecto, aunque fuera sólo eso. Un instante, una noche.

Le temblaron un poco las manos al levantarlas hasta el pecho de Sergei, pero consiguió desabrocharle la camisa mientras él se quitaba la chaqueta. Podía sentir el calor de su piel a través de la tela. En ese momento, él la levantó en brazos y la tumbó sobre la cama. Hannah se quedó ahí, mirándolo mientras se despojaba de la camisa y después de los pantalones. Vio el modo en que se movía su pecho, con el corazón tan acelerado como el de ella. El fuego iluminaba su piel y unas cicatrices que dejaron a Hannah boquiabierta.

Su cuerpo era una colección de desgracias.

Sergei se quedó inmóvil, en tensión.

–Te has quedado horrorizada –dijo, sin mirarla a los ojos, como si no fuera la primera vez que le ocurría algo parecido.

Hannah negó con la cabeza.

–Me he puesto triste –susurró–. Por ti –no le preguntó qué le había ocurrido, ni el origen de todas aquellas marcas horribles entre las que se veían manchas redondas que parecían quemaduras de cigarrillo, por lo menos veinte que iban desde el hombro derecho hasta la cadera. Pero había otras de distintos tamaños y formas, pruebas inequívocas de que Sergei era un hombre con muchos secretos y con un pasado doloroso. No era de extrañar que se mostrara tan cínico.

Hannah le tendió los brazos. Él hizo una mueca difícil de interpretar. ¿Rabia, tristeza, culpa? Quizá sólo fuera aceptación. Por fin se tumbó a su lado y ella pudo estrecharlo en sus brazos, con la certeza de que aquel encuentro no iba a ser como ella había pensado. No sería una simple noche de pasión y satisfacción física, al menos no para ella.

Ya era mucho más que eso, pues estaba siendo algo muy intenso, íntimo y aterrador.

Sergei se apartó de ella para mirarla con una expresión feroz y tierna al mismo tiempo. Estaba lleno de contradicciones. La besó apasionadamente, primero en la boca y luego recorrió todo su cuerpo, saboreando sus pechos, su vientre, sus muslos. Hannah jamás se había sentido tan hermosa. Tenía la sensación de que quisiese aprenderse de memoria su cuerpo y, cuando ya no podía aguantar más todas aquellas sensaciones, fue ella la que recorrió el de él y admiró la belleza que las cicatrices no conseguían estropear.

También tenía dos tatuajes: un crucifijo en el pecho y tres chapiteles como los de la catedral de San Basilio en la espalda. Aquellos símbolos sirvieron para que se diera cuenta de lo poco que sabía de él y de lo mucho que deseaba conocerlo. Al principio Sergei se resistió a sus caricias, le apartó la mano cada vez que rozaba una cicatriz, pero un extraño instinto la impulsaba a tocarlo, como si sus caricias pudieran sanarlo.

–¿Te duele? –le preguntó.

La miró abiertamente, con la expresión más sincera que jamás había visto en él, con deseo y esperanza.

–No.

Hannah fue besándole todas aquellas marcas. Quería curar a aquel hombre herido.

Había subido con él con la intención de satisfacer una necesidad física y demostrarse a sí misma que eso era todo, pero había descubierto que no era así. De pronto supo que no quería que aquello fuera sólo una noche, que se limitara algo físico. No podía ser así con Sergei, con un hombre lleno de secretos y cinismo.

Un hombre que acababa de besarla casi como si la amara.

Imposible. Parecía que seguía siendo más ingenua de lo que pensaba.

Sergei debió de percibir sus dudas, su conflicto interno, o quizá él estuviera pasando por lo mismo. Se apartó de ella sólo el tiempo necesario para ponerse protección y, al volver, se sumergió en su cuerpo con un solo movimiento, suave y certero. Hannah abrió la boca de placer. Se olvidó de cualquier pensamiento, de cualquier temor mientras él se movía en su interior y lo que habría podido parecerle amor se convirtió en sexo. Los dos se dejaron llevar por las sensaciones que se multiplicaban con cada embestida hasta que Hannah gritó de placer al deshacerse en sus brazos y se aferró a él mientras alcanzaba el clímax también.

Allí juntos, sus cuerpos unidos, sus piernas entrelazadas, Hannah experimentó una aterradora sensación de plenitud y felicidad que sabía que no podía permitirse sentir. Aquello no era real. Sólo era sexo. Nada más. ¿Acaso no lo había dejado claro Sergei?

«Tú me deseas y yo a ti. Así de sencillo».

Pero en ese momento no le pareció nada sencillo. En absoluto. Trató de controlar sus emociones y de decirse a sí misma que sería sencillo porque era así como Sergei quería que fuese. Y ella también.

Sergei se giró en la cama con el corazón aún acelerado y el recuerdo de los labios de Hannah besándole las cicatrices aún en la memoria. Había sido una sensación muy agradable. Había visto muchas reacciones diferentes ante las distintas marcas que adornaban su cuerpo; las quemaduras que le había hecho su abuela cada vez que la molestaba o la herida de navaja que un le había hecho un pandillero a modo de aviso. Algunas mujeres se horrorizaban, otras sentían repulsión, otras se quedaban cautivadas ante la idea de acostarse con un chico malo.

Pero nunca ninguna mujer había respondido como Hannah. Claro que también era cierto que Sergei nunca había estado con una mujer como ella. Apretó los puños contra la sábana, pues no quería sentir aquellas emociones que deberían haber desaparecido con el sexo, pero lo único que había conseguido era sentir aún más deseo y necesidad.

Hannah se levantó sigilosamente y se encerró en el baño. Sergei se sintió aliviado, pues no tenía el menor deseo de tener una de esas charlas sentimentales de después del sexo y se alegró de que Hannah opinara

lo mismo. Pero mientras esperaba allí solo, com[illegible]
a sentirse incómodo, inseguro, y eso no le gustó.

Tiró el preservativo rápidamente y fue a llamar a
la puerta del baño.

–¿Estás bien?

–Sí –respondió ella, pero parecía tan molesta como
él.

Eso hizo que se sintiera aún más incómodo. Se
apartó de la puerta y fue a ponerse los calzoncillos,
pues no quería hacerle más preguntas, ni quería que le
importara. Unos segundos después se abrió la puerta
y apareció ella, ya vestida. Incluso se había puesto los
zapatos.

–¿Dónde vas? –le preguntó con peligrosa suavidad.

–A casa –le dio la espalda para ir en busca del abrigo,
que había dejado en una silla frente a la chimenea,
donde ya sólo quedaban algunos rescoldos. Qué poco
había durado.

–¿Por qué?

–Porque estoy cansada y quiero dormir –respondió
sin mirarlo–. Mañana tengo que trabajar.

Todo muy razonable y exasperante. Sergei no quería
pararse a pensar por qué le molestaba tanto que Hannah
se mostrara tan fría. Estaba acostumbrado a ser él el
que se marchaba, el que se levantaba primero de la
cama y salía por la puerta. Pero Hannah se le había
adelantado.

–Puedes dormir aquí –le dijo–. Te llevaré a casa
por la mañana.

Hannah dejó de abrocharse el abrigo y lo miró fijamente. A Sergei le sorprendió no poder adivinar lo
que sentía; ya no era tan abierta y sincera como cuando
la había conocido.

–No creo que sea buena idea.

ues a mí sí me lo parece –replicó dando un paso ..ia ella–. No quiero vestirme y tener que llevarte a ..star horas.

–Entonces llamaré a un taxi –dijo ella sin inmutarse.

Sergei estuvo a punto de maldecir.

–No.

Por fin vio algo en sus ojos: exasperación.

–¿Qué te pasa, Sergei? Los dos sabemos lo que ha pasado; sólo queríamos terminar lo que empezamos hace un año y eso hemos hecho. Ninguno espera nada más que eso.

Sergei apretó los dientes.

–Yo no he terminado –esa vez vio en sus ojos algo parecido a la tristeza y al temor, algo que no quería ver–. Y creo que tú tampoco has terminado, *milaya moya.*

–Te he dicho que no me llames así.

–Significa «dulce mía»...

–Sí, ya sé lo que significa y también sé que sólo lo dices cuando intentas demostrar lo duro que eres y que eres tú el que controla la situación –le lanzó una mirada furiosa–. Yo sí he terminado, ¿de acuerdo? Ha estado muy bien, pero quiero irme a casa.

¿Muy bien? Si hubiera creído que lo decía en serio, se habría ofendido y lo habría creído si no le hubiera temblado la voz. Estaba mintiendo. Pero ¿por qué?

Se echó a un lado muy a su pesar.

–De acuerdo. Vete.

Hannah lo miró con perplejidad. ¿Acaso creía que le pediría que se quedara? Pero lo que más le dolía era que no mostrara la menor decepción. Era una tontería sentir dolor, lo que demostraba una vez más que de[illegible] largarse de allí cuanto antes.

–Muy bien –dijo pensando que quizá había vuelto a aburrirse de ella.

Tenía ya la mano en el picaporte cuando Sergei se movió y fue a colocarse en el pequeño espacio que quedaba entre la puerta y ella. Tan cerca que pudo sentir su cuerpo rozándola.

–Quédate, Hannah, por favor.

Con esas cuatro palabras pronunciadas con voz grave consiguió que Hannah perdiera todas las fuerzas que había tenido que reunir para levantarse de la cama como si nada le preocupara. Como si realmente aquel encuentro sólo hubiera sido sexo para ella.

Sergei le puso la mano en la mejilla y Hannah cerró los ojos. ¿Por qué tenía que mostrarse tan amable justo en ese momento? ¿Sería otra estrategia para controlarla? No se hacía ningún tipo de ilusiones con Sergei, ni siquiera cuando la había estrechado en sus brazos como si fuera un tesoro. No había terminado con ella y por eso quería asegurarse de que ella tampoco lo hubiera hecho.

Pero seguía acariciándola suavemente mientras le susurraba:

–No quiero que te vayas.

Hannah abrió los ojos y se obligó a preguntarle algo que necesitaba saber.

–¿Entonces cuándo?

–No lo sé –dijo después de un momento de silencio y sonó a confesión.

Hannah sabía lo que significaba eso, que llegaría el momento en el que le pediría que se fuera. Pero por el momento estaba pegado a ella, su corazón latía contra el de ella, Hannah sentía crecer el deseo en su inter y sabía que, si la besaba, diría que sí. Sin embargo otra parte de ella la obligaba a luchar, a resistirse a él y al miedo y a la necesidad que la invadían. Meneó la cabeza en silencio, fue todo lo que pudo hacer.

–Hannah, por favor.

Lo miró de nuevo y vio en sus ojos que deseaba aquello tanto como ella, fuera lo que fuera, ¿una aventura?, ¿un romance?

–¿Qué es lo que quieres exactamente?

–Que vengas conmigo.

–¿Adónde?

–Tengo que ir a París por trabajo... ven conmigo.

París. Hannah sintió un escalofrío de emoción a pesar de los recelos. Seguía sin comprenderlo. No se imaginaba visitando juntos la Torre Eiffel y el Louvre como si fueran una pareja feliz, pero deseaba ir.

–¿Y qué se supone que voy a hacer allí?

Sergei esbozó una sonrisa seductora y pícara, consciente de que se había salido con la suya.

–Seguro que se nos ocurre algo.

Por un momento Hannah sintió ganas de llorar, pero se obligó a sonreír también. Se iría con él a París; ¿acaso tenía otra opción?

–No lo dudo.

La sonrisa de Sergei se hizo más amplia y triunfal. La abrazó y la besó en la boca, sin embargo Hannah sintió como si estuviera alejándose de ella, encerrándose en sí mismo. Era extraño estar tan cerca de alguien físicamente y al mismo tiempo tan lejos emocionalmente, como si lo que habían vivido juntos hacía un rato no hubiese existido. O no hubiera sido real.

–Será divertido –aseguró él.

Hannah hundió la cara en su cuello, tratando de no

dejarse llevar por la dolorosa sensación de nostalgia que la invadió en cuanto se encontró en sus brazos. No respondió. Por supuesto que sería divertido. Sería divertido, fácil y simple.

Nada más.

Capítulo 8

SERGEI puso todo en marcha al día siguiente. Se trasladaron a Nueva York y, desde allí, tomaron un jet privado con rumbo a París. Nada más subirse al avión de Sergei, Hannah observó los sofás de cuero con incredulidad.

–¿No te sientes culpable de utilizar un avión tan grande para ti solo? –le preguntó sin titubeos–. ¿Has pensado en el gasto de combustible que supone? Seguro que podrías viajar igual de cómodo en la primera clase de cualquier compañía aérea.

–Para mí es un lujo necesario porque necesito llegar rápido a los lugares y en un avión privado es más fácil controlar la seguridad –le explicó Sergei–. Pero te aseguro que todos mis negocios tienen muy en cuenta el medioambiente.

–Eso espero –respondió ella con gesto cómicamente reprobador–. Tienes mucho poder y deberías utilizarlo para contribuir al bien común.

–Sí, profesora –bromeó también él–. ¿Quieres que te lo enseñe todo?

El resto de la nave era sencillamente impresionante, parecía una mansión de lujo. Tenía incluso un dormitorio con una cama enorme y baño completo. Según le dijo Sergei, pasaba mucho tiempo viajando por el mundo y necesitaba estar cómodo.

–¿No te sientes solo a veces? –le preguntó mientras lo observaba con el corazón acelerado.

–Estoy acostumbrado.

¿A viajar por el mundo, o a la soledad? Se preguntó Hannah.

–¿Tienes algún lugar que consideres tu hogar? ¿Una casa o un apartamento?

–Sí.

–¿En Moscú?

Sergei titubeó antes de responder.

–Cerca.

Hannah prefirió no insistir más.

–Bueno, para ser una casa con alas, debo admitir que está muy bien. Casi no me parece real –comentó mirando la mullida cama.

Sergei se acercó a ella en dos zancadas y la estrechó entre sus brazos.

–Pues te aseguro que es muy real –murmuró al tiempo que la tumbaba suavemente sobre el lecho.

Hannah se echó a reír mientras Sergei comenzaba a besarle el cuello.

–Supongo que no me habrás traído hasta aquí sólo para esto –dijo cuando Sergei ya había colado la mano por debajo de su blusa y lo sintió dudar.

De pronto fue como si la temperatura del lugar hubiera descendido diez o quizá veinte grados. Hannah abrió los ojos y lo encontró mirándola con el ceño fruncido. ¿Por qué habría hablado? Sabía muy bien en qué se había embarcado. El problema era que cuando veía lo bien que lo pasaban juntos, quería más.

–¿Verdad, Sergei? –dijo a pesar de que había decidido no insistir.

Él le acarició la frente y las mejillas lentamente.

–No –admitió, pero acto seguido se levantó de la

cama y acabó con la magia del momento–. Vamos a la sala, debemos de estar a punto de despegar.

El lujo los esperaba también en París, donde los recogió una limusina que los llevó al hotel George V, en el que Sergei había reservado una suite decorada con maravillosas antigüedades y en la que no faltaba ningún detalle.

–Supongo que tendrá televisión por cable –dijo Hannah frente a la enorme pantalla de plasma.

–Pero hay que pagar un extra –respondió Sergei, curvando ligeramente los labios.

–Sabía que este sitio tenía algún fallo.

Sergei soltó una carcajada que hizo que a Hannah se le alegrara el corazón y lo mirara con una enorme sonrisa en la boca.

–En realidad creo que tiene unos trescientos canales.

–¿Sólo? Pienso poner una queja.

Eso le arrancó una nueva risotada.

–Pensarás que soy muy pueblerina, pero es que es la primera vez que estoy en un sitio así –dijo más seria, aunque con el mismo tono desenfadado.

–No pienso nada de eso. Hubo una época en que yo tampoco estaba acostumbrado.

–Empezaste desde abajo.

–Algo así –respondió escuetamente.

–¿Entonces puedo jugar un poco con esos trescientos canales? –le preguntó, ya con el mando en la mano.

–Se me ocurren cosas mejores que hacer que ver la tele –sugirió al tiempo que la abrazaba.

Hannah sabía que él deseaba convertir aquella dulzura en algo más apasionado, pero no quería permitírselo; quería disfrutar unos segundos de la sencilla sensación de encontrarse en sus brazos y de la felicidad que eso le proporcionaba.

–Deberíamos irnos –anunció él enseguida.

–¿Adónde? –preguntó, tratando de disimular su decepción.

–Tienes una cita en una boutique –al ver su gesto de sorpresa, se dispuso a explicárselo, pero lo hizo mirando la pantalla de su teléfono–. Vas a acompañarme a algunos compromisos y me parece que necesitas vestuario nuevo, a juzgar por el vestido que te pusiste el otro día para salir a cenar.

Hannah sintió cómo se desvanecía su felicidad. Seguramente cualquier mujer estaría encantada con la perspectiva de irse de compras, sin embargo a ella le resultó sórdido que Sergei quisiese comprarle un vestuario nuevo, como si estuviera pagando por sus servicios.

–Muy bien, voy a lavarme un poco la cara –dijo mientras se dirigía al baño.

–De acuerdo –respondió Sergei sin apartar la vista del teléfono.

Hannah se preguntó si se habría dado cuenta siquiera de que ya no estaba a su lado.

–Perfecto –opinó Sergei, sentado en el sofá de la boutique, con la BlackBerry en la mano y rodeado de papeles de los que levantaba la vista cada vez que Hannah salía del probador con un vestido nuevo al que debía dar su aprobación.

Era el tercer día que salían de compras y Hannah ya se había resignado a no tener ni voz ni voto en la ropa que Sergei insistía en comprarle. Desde que estaban en París sentía que estuviese poniéndola en su sitio y no le resultaba nada cómodo. Sergei se había alejado de ella y le hacía sentir como si fuera su querida, su mantenida. Era horrible pensar algo así, pero lo cierto era que en aquella relación existía un importante desequilibrio. Una tremenda desigualdad.

A quién quería engañar, pensó Hannah mientras se enfundaba un elegante vestido negro, ni siquiera tenían una relación. Llevaban tres días de sexo increíble con algunos momentos de ternura. Nada más.

Aunque lo cierto era que le encantaba estar con Sergei, discutir y bromear con él y ver cómo se suavizaba su mirada azul cuando lo hacía reír. Pero tenía la sensación de que utilizaba su poder como escudo, una armadura que lo apartaba de cualquier emoción. Sin embargo esos momentos robados de ternura bastaban para que Hannah se sintiera distinta y casi lograba volver a ser la mujer que había sido en otro tiempo. Una mujer que creía en la esperanza, la felicidad y quizá incluso en el amor.

No, no podía dejarse engañar porque sabía que no era real. ¿Acaso no había aprendido nada durante el último año? ¿No le habían enseñado nada las artimañas de sus padres, el engaño de Matthew o el propio Sergei? Aún le dolía cada vez que recordaba el modo en que la había rechazado en Moscú y pensar que estaba allí, a su lado en París, sólo porque él así lo había querido. Y cuando cambiara de opinión...

–¿Hannah? –la llamó con impaciencia desde el sofá.

Ella salió enseguida con el vestido negro y se sometió a su escrutinio.

–No –dijo él enseguida.

–¿No? –le preguntó ella. Se sintió ridícula y muy vulnerable, no le gustó que dijera que no tan rápido–. ¿Por qué no?

–Porque no me gusta el negro.

–El día que nos conocimos ibas completamente

vestido de negro –le recordó Hannah–. Así que supongo que entonces sí te gustaba.

Sergei la miró a los ojos.

–Está bien –dijo en un tono que daba a entender que estaba perdiendo la paciencia–. No me gusta el negro para ti. Te hace parecer muy pálida.

Hannah lo miró con los ojos abiertos de par en par. Quizá fuera cierto lo que decía, pero no le gustó nada que se mostrara tan arrogante y distante. De repente estaba harta de tanto lujo y tantas compras, se sentía comprada. Se dio media vuelta y volvió al probador en silencio.

–Quizá algo de colores más vivos... –murmuró la dependienta.

Pero Hannah sacudió la cabeza.

–No voy a probarme nada más.

La mujer la miró alarmada; seguramente las amantes de Sergei no solían poner ninguna objeción a que él se gastara una verdadera fortuna en ellas. Pero ella estaba cansada de aquel juego y de fingir que eso era lo que quería. Los únicos momentos que había disfrutado en aquellos tres días había sido cuando no se había sentido como un bonito adorno, los momentos en los que habían sido sinceros el uno con el otro. Momentos que podía contar con los dedos de una mano.

Se despojó del vestido con la intención de ponerse los vaqueros y la camiseta con los que había entrado a la tienda, pero no los encontró.

–¿Dónde está mi ropa?

–El señor Kholodov me pidió que me deshiciera de ella.

–¿Qué? –Hannah abrió la cortina del probador de un manotazo y salió sin decirle nada más a la dependienta.

Sergei levantó la mirada del teléfono y abrió los ojos de par en par al verla en sujetador y braguitas. Quizá su ropa interior estuviese un poco vieja, pero al menos era suya.

–¿No tienes frío? –le preguntó esbozando una sonrisa.

–No, estoy demasiado enfadada como para tener frío.

–¿Enfadada?

–Sí, ¿conoces la palabra?

La sonrisa desapareció de su rostro.

–No quiero que me compres ropa, Sergei.

Lo vio enarcar una ceja.

–¿Tienes algún inconveniente en ir vestida?

–Sabes perfectamente a lo que me refiero.

–La verdad es que no.

Por el modo en que la miró, Hannah supo que no iba a intentar siquiera comprenderla. No quería hacerlo. ¿Cómo podría explicárselo? No se trataba de la ropa, era todo, no le gustaba lo que ella misma había aceptado al acceder a acompañarlo en ese viaje. Sentía que había vendido su alma... y su cuerpo.

–Si no quieres probarte nada más, no pasa nada. Esta noche puedes ponerte alguno de los vestidos que compramos ayer.

–¿Esta noche?

–Sí, tenemos una gala benéfica –respondió con voz más suave–. ¿Por qué no te vistes?

–¿Con qué ropa? La dependienta se ha deshecho de la mía.

–Elige lo que más te guste de la tienda.

–No quiero nada.

Sergei resopló con exasperación.

–La mayoría de las mujeres que conozco no ponen

ninguna objeción a que les compre ropa –dijo entonces.

Hannah sintió que se le llenaban los ojos de lágrimas.

–Exactamente –se limitó a decir, consciente de las pocas alternativas que tenía en aquel momento; en ropa interior en medio de la tienda. Así pues, se dio media vuelta y volvió al probador.

Sergei trató de continuar escribiendo el mensaje que tenía que enviar, pero ya no recordaba de qué se trataba.

No comprendía por qué Hannah estaba tan susceptible y difícil. Sergei creía que le gustaría recibir algunos regalos. Tal y como le había dicho, la mayoría de las mujeres...

Lo que ocurría era que Hannah no era como la mayoría de las mujeres.

Sergei maldijo entre dientes. Se puso en pie y comenzó a caminar de un lado a otro. Los últimos días habían sido muy agradables y él se había sentido muy satisfecho de tener a Hannah donde la quería, en su cama sin ocasionarle ninguna preocupación. Incluso había llegado a sentirse él mismo de nuevo: eficiente y distante, con una mujer bella a su lado. Sí, había sido todo un alivio... hasta ahora.

Ahora volvía estar tenso y molesto. Por culpa de Hannah. ¿Cómo hacía para tener tal efecto sobre él? Durante años Sergei había conseguido mantenerse distanciado de todo el mundo, incluso de Grigori y Vanya.

Y de Alyona.

Se detuvo en seco. Estaba un poco tenso, sí, pero lo superaría y volvería a poner a Hannah en el lugar que le correspondía. Quizá tuviera que recordarle cuál era el trato.

Varias horas después Hannah se colocó delante del espejo y observó la imagen sin apenas poder creer que ésa fuera ella. Había pasado la mayor parte de la tarde en las manos de dos mujeres del hotel que le habían dado masajes, la habían depilado, peinado y maquillado. El resultado era sorprendente. Con aquel vestido de seda color lavanda, los tacones altos y el pelo recogido en un moño suelto, se veía guapa y sexy. Jamás se había considerado una mujer sexy... hasta que Sergei había aparecido en su vida, claro.

Después del ataque de rabia que había sufrido en la boutique había decidido no poner más objeciones a las atenciones de Sergei. Sabía que era lo único que podía ofrecerle y era lo que ella misma había aceptado, aunque ahora se sintiera frustrada y herida.

–Esto es lo que hay –se dijo en voz alta.

–¿Estás hablando sola? –Sergei apareció en el dormitorio, increíblemente guapo, vestido de esmoquin y con una cajita de terciopelo negro en la mano–. Tengo algo para ti.

La abrió y sacó de ella una gargantilla de diamantes y amatistas. Hannah dejó que se la pusiera sin decir nada. Era preciosa, pero las piedras estaban heladas y, una vez en el cuello, sintió que la ahogaba.

–Es tuya –le dijo Sergei con total naturalidad.

«¿Por los servicios prestados?», estuvo a punto de responderle Hannah, pero se mordió la lengua porque sabía que no merecía la pena estropear el momento y se limitó a darle las gracias, aunque no con demasiada convicción y Sergei lo notó.

–¿También pones objeciones a las joyas?

Lo miró y supo que estaba enfadado, quizá incluso herido... No, para eso tendría que importarle algo lo que ella sintiese.

–Es un regalo muy generoso –añadió Hannah finalmente.

–Muy diplomática –respondió él, riéndose.

Hannah miró su imagen en el reflejo y vio unos ojos fríos como el hielo sin el menor rastro de emoción. Estaba a su lado y sin embargo Hannah lo sentía a kilómetros de distancia. Tocó las piedras frías al tiempo que decía de nuevo:

–Gracias.

Sergei suspiró, asintió y se dio la vuelta.

–Tenemos que irnos dentro de diez minutos –dijo sin volverse a mirarla.

Hannah volvió a mirarse. Se había quedado pálida y ya no parecía tan sexy. Parecía triste.

Se reconvino a sí misma y se dijo que, si no le gustaba, podía marcharse, pero la idea de no volver a ver a Sergei bastó para que decidiera quedarse.

Una hora después se encontraba frente a Sergei con una copa de champán en la mano y un dolor en las mejillas de tanto sonreír mientras él hablaba de negocios con unos y con otros. Al margen de los saludos iniciales, era como si ella no existiera. Se sentía como un auténtico adorno.

Sergei estaba inmerso en otra conversación, esa vez en francés, así que Hannah decidió salir a la terraza a tomar un poco de aire fresco. Nadie respondió siquiera cuando se excusó antes de alejarse.

Lejos de la cacofonía de las voces de los quinientos invitados a la gala, el aire primaveral era cálido y estaba cargado de los aromas del jardín del hotel. Hannah se acercó a la barandilla, escabullida entre las sombras, y respiró hondo. ¿Cómo podía sentirse tan triste? Estaba en un hotel de lujo, con un vestido precioso y acompañando a un hombre guapísimo que seguramente al final de la velada le haría el amor durante horas.

Debería estar flotando, en lugar de sentirse vacía.

–Ahí estás. La última adquisición de Sergei.

Hannah se sobresaltó al oír aquella voz. Al darse la vuelta apenas pudo ver el rostro de quien le hablaba, pero sí pudo sentir su mirada invasiva observándola de arriba abajo.

–Me temo que no lo conozco –dijo ella con tensión.

–Pero podría conocerme –respondió aquel hombre acercándose hasta permitirle ver un rostro bien parecido, pero con rasgos duros, crueles, y los ojos inyectados en sangre–. No sería la primera vez que me quedo con lo que deja Sergei... y no me importa –añadió al tiempo que la agarraba del brazo.

Hannah se quedó petrificada un segundo, pero enseguida sacudió el brazo.

–Es usted repugnante –le dijo, temblando, ofendida y algo asustada.

Él se echó a reír.

–Vaya, qué digna. Eres su querida, ¿no?

Esa vez Hannah se quedó helada por fuera y por dentro, hasta el alma. Se quedó allí, incapaz de moverse, pues acababa de darse cuenta de cómo la veían los demás y seguramente era así como iban a tratarla.

–¿Y bien? –insistió aquel tipo, evidentemente borracho.

–Sí –dijo Hannah por fin, sin poder negar el papel que ejercía en la vida de Sergei–. Soy su querida, pero usted ni se me acerque –añadió al tiempo que pasaba de largo frente a él con la cabeza bien alta y el corazón aún helado.

De su boca salió un grito de terror al sentir de pronto una mano que le agarraba el brazo.

Se dio la vuelta y se encontró con Sergei, con el rostro desencajado de furia.

–¿Qué demonios crees que haces?

Capítulo 9

HANNAH lo miró boquiabierta, atónita ante la ferocidad que transmitía la mirada de Sergei.

–No digas nada. Nos vamos –le dijo antes de volverse a mirar al hombre que seguía en la terraza, escabullido entre las sombras–. Y tú, De Fourney, ya me encargaré de ti en otro momento. Date por avisado.

Hannah se estremeció al oír el tono amenazante que había utilizado Sergei.

–¿Qué te ocurre, Sergei? –le preguntó mientras cruzaban la puerta principal del hotel–. ¿Por qué estás enfadado?

–¿Qué hacías con De Fourney?

–¿El tipo de la terraza? –Hannah pegó un tirón al brazo para obligarlo a detenerse y a mirarla–. ¿De verdad eres tan estúpido como para estar celoso de ese baboso?

–No estoy celoso.

–¿Entonces por qué te comportas como un neanderthal? ¿Qué pretendes, arrastrarme hasta tu cueva?

–Te recuerdo que mi cueva cuesta cinco mil euros por noche.

Aquellas palabras fueron como una bofetada para Hannah.

–Gracias por hacerme sentir peor de lo que ya me sentía –murmuró y lo adelantó.

–Hannah...

Sergei la alcanzó cuando ya estaba llegando a la limusina que los esperaba. Hannah no sabía qué hacer, ni dónde ir. Prácticamente era prisionera de Sergei. Peor aún... era su querida. Cuánto habría deseado poder borrar el dolor que le provocaba la idea.

Sergei se sentó junto a ella en el coche y cerró la puerta con un golpe. Seguía sin comprender por qué estaba enfadado. No podía estar celoso, si había oído algo de la conversación con ese cretino. Sin embargo allí estaba, con la mandíbula apretada y la mirada fija en un punto. No dijeron ni palabra en todo el trayecto de vuelta al hotel, pero una vez en la suite, Hannah decidió enfrentarse a él.

–¿Qué crees que estás haciendo tú? –le dijo, también enfadada.

Sergei se dio media vuelta, la furia se reflejaba en todo su cuerpo.

–¿Qué hacías hablando con ese *zhopa*, con Guy de Fourney?

–Veo que lo conoces. Supongo que seréis buenos amigos.

–¿Qué? Yo no tengo nada que ver con un tipo tan corrupto y rastrero.

–No es eso lo que él dijo –tragó saliva, pues le costaba hablar con normalidad–. Según me contó, suele quedarse con tus... sobras.

Sergei la observó fijamente unos segundos y luego maldijo en ruso.

–Ese sinvergüenza sólo pretende ofender.

–¿Entonces no habéis compartido ninguna amante?

–¿Compartir? –repitió con el rostro enrojecido–. ¡Por supuesto que no! ¿Qué crees que...?

–¿Nunca se ha acostado con una mujer con la que te hubieras acostado tú? –le preguntó, aunque no sabía muy bien por qué lo hacía, ni siquiera estaba segura de querer saberlo. El silencio de Sergei fue muy revelador–. Lo ves, decía la verdad.

–¡Eso no es la verdad! –espetó Sergei–. No es como él lo ha explicado. Además, yo no me dedico a seguir los movimientos de De Fourney.

–Ni de las amantes que rechazas.

Sergei resopló con fuerza.

–Está bien. Es posible que una vez estuviera con una mujer con la que acababa de estar yo, pero no creo que eso importe...

–¿No? –tenía razón, lo que importaba era lo mal que la hacía sentir la conversación con Guy de Fourney.

–No tengo ningún interés en saber lo que dice un cretino como De Fourney, pero sí me importa lo que digas tú –siguió diciendo con un marcado acento ruso que no era habitual en él y que obligó a Hannah a acercarse para poder entenderlo–. Has dicho que eras mi querida.

–Es lo que soy.

–No.

Seguía furioso, pero también parecía herido. ¿Sería posible?

–¿Entonces cómo describirías lo que soy? –le preguntó Hannah–. Me traes a París, me compras ropa, haces el amor conmigo todas las noches –fue levantando la voz, dando rienda suelta al dolor acumulado–. Me compras este... ¡este collar de perro! –se quitó la gargantilla de un tirón y dejó que cayera al suelo.

–Hannah... –pronunció su nombre en una especie de grito ahogado al tiempo que extendía la mano con la vista horrorizada puesta en las marcas que se había hecho en el cuello al tirar del collar.

–¿Acaso no es cierto? ¿No es eso lo que tú querías? –parpadeó varias veces para espantar las lágrimas que le llenaban los ojos.

Sergei se acercó un poco más a ella, se sacó un pañuelo del bolsillo y le limpió suavemente los arañazos del cuello.

–No –respondió él en voz baja–. No es lo que quiero.

Hannah cerró los ojos y las lágrimas se le desbordaron por las mejillas.

–No pretendía hacerte llorar –Sergei le puso la mano en la cara para secar el rastro de las lágrimas–. No llores, por favor, Hannah –tenía la voz ahogada–. No puedo soportarlo.

Abrió los ojos y le sorprendió descubrir la angustia que había en su rostro.

–Lo siento –respiró hondo y trató de tragarse el nudo que se le había formado en la garganta. Dio un paso atrás, alejándose de él–. No te entiendo, Sergei. Dejaste muy claro lo que querías; se suponía que esto sería una aventura divertida y yo lo acepté. O más bien estoy tratando de aceptarlo. Pero de pronto te enfadas y me tratas como si... como si fuera una posesión tuya que puedes arrastrar por donde quieras. Porque eso es lo que has hecho en la fiesta.

–Lo siento –dijo él por fin, con voz neutra–. No era mi intención ofenderte.

–¿Por qué te has enfadado tanto? Sólo estaba constatando los hechos. Porque soy tu querida, ¿no? Así es como me ha visto todo el mundo en la fiesta, como un adorno –dolía decirlo en voz alta, pero tenía que dejar las cosas bien claras y hacerle entender que no iba a dejarse engañar.

–No sé cómo te ven los demás –la angustia había desaparecido y volvía a estar enfadado, pero al ver el gesto de Hannah, tuvo que admitirlo–. Está bien, sí todo el mundo piensa que eres mi querida. Yo nunca... nunca he estado mucho tiempo con la misma mujer. Nadie pensaría que pueda tener una... una relación de verdad.

–Esto no es una relación de verdad –protestó Hannah–. Entre nosotros no hay igualdad. Me vistes como si fuera tu muñeca y me paseas por ahí, te acuestas conmigo y cuando te hartes me devolverás adonde me encontraste –tenía que decirlo por el bien de los dos, aunque le doliera tanto hacerlo.

–No hagas que parezca tan sórdido.

–Es que lo es, Sergei –al menos para ella–. Como te he dicho, sólo estoy constatando los hechos.

–Pues no me gustan esos hechos –reconoció con tensión.

–Son las reglas que tú estableciste.

–No recuerdo haber puesto ninguna regla.

Hannah lo miró, completamente confundida. ¿Qué estaba intentando decirle, que no era eso lo que quería? No podía ser.

–¿Tanto te molesta que te digan las cosas claramente? Porque, puede que nunca hayas tenido una relación de verdad, pero tampoco creo que quieras tenerla ahora.

Sergei la miró fijamente.

–A lo mejor sí –dijo finalmente.

–No, no es cierto –respondió Hannah a pesar de la leve esperanza que se había encendido en su interior.

–Y yo que creía que siempre veías lo mejor de todo el mundo –le dijo con voz suave.

–Ya no –aclaró ella con firmeza.

–¿Qué ha sido de tu optimismo? Hace un año...

–Ya no soy la misma persona que hace un año, Sergei. Y seguramente tú tampoco.

–No –admitió–. No soy la misma persona.

–La gente cambia.

–¿Por qué has cambiado tú? ¿Qué te ha pasado? –apretó los labios un momento antes de añadir–: ¿Es culpa mía?

Hannah meneó la cabeza lentamente.

–No... aunque puede que todo empezara aquella noche que estuvimos juntos en Moscú. Yo era muy ingenua y cuando te vi con Varya...

–No era lo que parecía.

–¿De verdad? –no comprendía por qué de repente pretendía cambiar el pasado–. Te tomaste muchas molestias para convencerme de que era exactamente lo que parecía. No puedo creer que yo me empeñara en que no estabas siendo sincero y que dijera que...

–¿Que era mejor persona de lo que yo pensaba? –terminó él.

Hannah parpadeó.

–¿Por qué sacas ahora todo eso?

–Porque tú hiciste que cambiara, Hannah. De una manera muy distinta a como te hice cambiar yo a ti.

–No fuiste sólo tú. Claro que me dolió que me rechazaras, pero también me pasaron otras cosas.

–¿Qué cosas?

Hannah se encogió de hombros.

–Al volver no me sentía muy bien y me metí en una relación que no me fue muy bien –no quería hablar de Matthew, ni de la humillación y el dolor, ni de lo sucia y utilizada que se había sentido. Tampoco creía que Sergei quisiese oírlo, a juzgar por la expresión que tenía–. La tienda no iba bien y yo quería que funcionase por mis padres, pero... –apretó los labios, con pocas ganas de continuar.

–¿Qué?

–Empecé a revisar documentos, algo que había estado aplazando desde la muerte de mi madre –siguió hablando más aprisa, para acabar con ello cuanto antes–. Descubrí que no habían sido sinceros conmigo. Yo pensé que mi madre me había dado la opción de seguir estudiando, pero resulta que ya había cancelado mi matrícula de la universidad antes incluso de llamarme. Había decidido que no volvería en el segundo semestre, pero me hizo creer que la decisión había sido mía –lo había sentido como una traición y se había enfadado profundamente, aunque sabía que era absurdo enfadarse con alguien que ya estaba muerto.

–Puede que lo hiciera para que sintieras que tú tenías el control –la disculpó Sergei.

–Pero me mintió –lo interrumpió Hannah–. Y ésa no fue la única mentira. Había facturas sin pagar de las que yo no sabía nada, facturas que se remontaban a mucho antes de que mi madre sufriera demencia –respiró hondo y lo soltó lentamente–. Creo que mis padres me ocultaron conscientemente la verdadera situación de la tienda porque querían que yo me hiciera cargo de ella.

–Está claro que era importante para ellos.

–Sí, más importante que yo. Sé que suena infantil.

–A lo mejor sólo trataban de protegerte.

–¿Quién es el optimista ahora? –Hannah meneó la cabeza–. No, lo que querían era obligarme a quedarme y hacerme cargo de su estúpido negocio, al que siempre le dedicaron más atención que a mí –concluyó con unas palabras que nunca se había atrevido a pronunciar y lo hizo sin darse cuenta de que estaba temblando.

Seguramente nunca se habría dado cuenta si Sergei no le hubiese abierto los ojos estando en Moscú. Pero no podía culparlo del comportamiento de sus padres, o del fracaso de su relación con Matthew, ni de su propia ingenuidad.

–Ven aquí.

–¿Qué?

–Ven aquí –repitió Sergei suavemente.

Antes de que pudiera darse cuenta, la había estrechado en sus brazos. Hannah se resistió al principio porque Sergei jamás la había abrazado con tanta ternura, para consolarla y reconfortarla. Volvieron a escapársele las lágrimas y esa vez no intentó controlarlas. Lloró todo lo que había necesitado llorar a lo largo de los años y se sintió segura en sus brazos, segura y cuidada, dos cosas que no había sentido desde hacía mucho tiempo.

–Ha debido de ser muy duro enfrentarse sola a todo eso –le dijo Sergei, acariciándole la espalda.

–No estaba del todo sola, tengo amigos.

–Pero seguro que no querías cargarlos con tus problemas porque ellos ya tienen los suyos.

Pensó en Ashley, tratando de ganarse la vida en California, y en Lisa, siempre preocupada por la situación laboral de su marido.

–¿Cómo lo sabes?

–Porque te conozco.

Hannah no respondió porque la idea de que Sergei la conociera tan bien le hacía albergar esperanza y eso le daba miedo porque no quería volver a decepcionarse. Se trataba de Sergei Kholodov, el hombre más frío y cínico que había conocido en su vida. El mismo que ahora la abrazaba tiernamente.

–Siento que hayas tenido que pasar por todo eso –dijo él con un suspiro–. Si yo no hubiera...

–No te culpes de nada, Sergei –se apresuró a decirle–. La gente pasa por cosas mucho peores, supongo que simplemente forma parte de lo que significa hacerse mayor –afirmó tratando de sonar más desenfadada de lo que se sentía–. Al menos ya no soy irritantemente optimista.

–Pues fue ese optimismo lo que me cambió –reconoció Sergei con una ligera sonrisa–. Me hizo volver a tener esperanza y pensar que no todo el mundo es egoísta, tal y como yo creía.

Hannah lo miró estupefacta.

–Por eso me he enfadado tanto esta noche –siguió diciendo Sergei–. No quería... no quiero que seas sólo mi querida. Admito que así es como he tratado siempre a las mujeres, como muñecas de las que disfruto y a las que luego rechazo –vio el gesto de horror de Hannah–. Lo sé, es horrible.

–Al menos lo reconoces.

–Pero contigo es diferente. Yo soy diferente cuando estoy contigo... cuando me lo permito a mí mismo.

Hannah había deseado tanto escuchar aquellas palabras, sin embargo continuó observándolo con escepticismo, con cierta desconfianza. Quizá se había vuelto demasiado cínica, o quizá sólo intentaba protegerse.

–¿Entonces soy la primera mujer a la que no quieres tratar como a una prostituta?

Ahora era él el que se mostraba horrorizado.

–Eso no es justo.

Hannah asintió, pues sabía que tenía razón.

–Está bien, como a una querida. Pero ni siquiera sé muy bien qué quiere decir eso.

–Yo tampoco. Ya te he dicho que nunca he tenido una relación de verdad, una relación romántica... ni de ninguna otra clase –añadió con total sinceridad–. Tengo empleados y conocidos, nada más.

–Sergei, has debido de estar muy solo.

–Sí, pero puede que sea momento de que cambie.

El corazón le dio un vuelco y la obligó a dar un paso atrás.

–¿Cómo? ¿Cómo se puede cambiar de manera de ser?

–No lo sé –dijo él, visiblemente afectado por su brusquedad–. No sé si puedo cambiar.

Hannah se maldijo a sí misma por haberle hecho una pregunta tan estúpida. Se dio cuenta de que estaba perdiéndolo otra vez; volvía a encerrarse en sí mismo y no podía permitir que eso ocurriera.

–Supongo que podrías intentarlo –le dijo a pesar del miedo y la inseguridad que sentía–. Podríamos intentarlo. Yo sigo... sigo queriendo esperar lo mejor.

Sergei la miró sin decir nada, ni hacer el más mínimo gesto. Hannah contuvo la respiración mientras el corazón le golpeaba el pecho con fuerza.

–Está bien –dijo él por fin y sonrió levemente.

Hannah se echó a reír con nerviosismo.

–¿Y ahora qué?

–Vente conmigo.

–Ya te he acompañado a París.

Sergei clavó la mirada en sus ojos y habló sin apartarla de ahí.

–Vente conmigo a casa.

Capítulo 10

SERGEI miró una vez más el informe que tenía que leer. Llevaba dos días sin poder concentrarse en nada, desde que le había dicho a Hannah que quería algo distinto. El problema era que no tenía la menor idea de qué quería exactamente, ni cómo conseguirlo y eso le hacía sentir inquieto e impaciente porque no sabía qué debía hacer.

La llegada de Grigori interrumpió sus pensamientos. Su ayudante necesitaba que firmara algunos documentos, pero también le preguntó por Varya. Su última aparición, hacía ya varias semanas, los había dejado preocupados a ambos; había llegado con un ojo morado y un brazo en cabestrillo, pero por más que había insistido Sergei en que se quedara, Varya no había tardado en volver a irse asegurando que estaba bien y que podía cuidar de sí misma.

Sergei sabía que era demasiado orgullosa como para aceptar su ayuda y que tenía demasiado miedo, ambas cosas seguían llenándolo de tristeza.

«¿Cómo se puede cambiar de manera de ser?».

La pregunta de Hannah retumbó en su mente. Para Varya cambiar no parecía ser nada fácil; su infancia la había marcado de por vida. Y quizá a él le sucediese lo mismo; quizá no tuviera ninguna probabilidad de superar esa incapacidad para acercarse a los demás.

Era posible que, tal y como había dicho el terapeuta que lo había evaluado a los catorce años, no hubiera ninguna esperanza para él.

Quizá no pudiera cambiar.

–Grigori... –comenzó a hablar y luego se detuvo porque no sabía cómo continuar.

–¿Sí, Sergei?

–¿Tú... estás enamorado de Varya? –Grigori se ruborizó de tal modo que la mancha de nacimiento adquirió un tono casi granate, pero no dijo nada–. Lo siento, no pretendía avergonzarte.

–Lo sé –murmuró su ayudante–. Sí, estoy enamorada de ella desde que éramos niños y nos inventábamos historias de cómo sería todo cuando saliéramos del orfanato.

Sergei lo observó sorprendido porque no sabía nada de eso a pesar de haber pasado tantos años con ellos. Llevaba toda la vida tratando de cuidar de ellos, pero siempre manteniéndose a cierta distancia, sin dejar de ser un solitario.

–¿Qué historias?

–Imaginábamos que nos compraríamos una *dacha* en medio del campo y viviríamos juntos –Grigori sonrió con tristeza–. Ya ves, hay sueños que nunca se cumplen.

–Aún podríais hacerlo –dijo Sergei, aunque sabía que era difícil–. Los dos sois jóvenes todavía.

–Ay, Serozhya, no somos jóvenes. Los tres somos viejos desde hace ya mucho tiempo –con esas sombrías palabras, agarró los documentos firmados y salió del despacho.

Sergei se quedó mirando por la ventana con un tremendo pesar y se preguntó si alguno de los niños del orfanato habría sido capaz de ser feliz. ¿Lo habría conseguido Alyona? Hacía unos días había recibido una llamada del detective que había contratado, había seguido una pista sobre ella que lo había llevado hasta California. Pero Sergei preferiría no pensar en ello, ni atreverse a albergar ninguna esperanza.

Se apartó de la ventana con inquietud, con la incomodidad que llevaba persiguiéndolo desde esa mañana, cuando había dejado a Hannah en su apartamento con su tarjeta de crédito para que se comprara lo que necesitase.

–¿Otra vez igual? –le había preguntado ella, con cara de pocos amigos.

–Vamos a ir al campo, no puedes ir con vestido de noche –había tratado de explicarle Sergei, frustrado y molesto con su evidente decepción–. Haz lo que quieras, pero necesitas algo que ponerte –ella había seguido y Sergei no había podido controlar su irritación–. O no compres nada y quédate aquí todo el día, enfurruñada.

Había salido del apartamento dando un portazo y con la certeza de que se había comportado como un niño. Se sentía avergonzado de haberse comportado así. No era así como querían que fueran las cosas, pero estaba como paralizado, no sabía cómo cambiar.

Quizá simplemente no pudiese hacerlo. Quizá era inútil tratar de mantener una relación con Hannah. Una causa perdida... igual que él.

Hannah no sabía muy bien cómo había ocurrido, sólo sabía que sus esperanzas habían vuelto a desvanecerse y tenía la sensación de que había hecho daño a Sergei, aunque él jamás lo admitiría.

Había muchas cosas que seguramente nunca haría,

cosas que nunca podría cambiar. Desde que habían tenido aquella conversación en París, los dos se habían comportado de un modo extraño, inseguros e incómodos, como dos actores que no se supieran el papel. El sexo seguía yendo sin problema; seguía siendo espectacular, pero ninguna relación podía basarse únicamente en eso.

Desde luego la suya no estaba funcionando.

Finalmente salió del apartamento y se subió al coche de Sergei, cuyo chófer la esperaba en la puerta. Mientras iba de tienda en tienda por Moscú en aquel coche de mafioso con cristales antibalas tintados, se dio cuenta de lo poco que sabía realmente de él. Sabía que era rico, implacable y que podía ser amable e incluso tierno. Y de su vida... que era huérfano, que lo había criado su abuela y que tenía cicatrices por todo el cuerpo, además de dos tatuajes. Desconocía el origen de aquellas cicatrices y el motivo por el que nunca había sentido que pudiera confiar en nadie y mucho menos quererlo. No sabía quién era Alyona, ni qué había sido de ella.

¿Todo eso que no sabía iba a impedirle intentar que aquella relación saliera bien? Había momentos en los que sentía que entre ellos podría haber algo más que una intensa atracción física, algo real y cálido.

«Yo soy diferente cuando estoy contigo».

Tenía que intentarlo. Deseaba estar con Sergei y estaba dispuesta a luchar por él.

Una hora después Ivan, el chófer, la dejó frente a la oficina de Sergei a pesar de su insistencia por llevarla a casa, tal y como le había indicado el propio Sergei.

–Quiero darle una sorpresa –había zanjado Hannah ante la sorprendida mirada de Ivan.

Grigori salió a recibirla al vestíbulo en cuanto se enteró de su presencia y Hannah se alegró de ver una cara conocida.

–Te acuerdas de mí –le dijo, satisfecha.

–Por supuesto, señorita Pearl. Me temo que el señor Kholodov...

–No me espera, lo sé –terminó ella–. Quería darle una sorpresa.

No dejó que el modo en que Grigori frunció el ceño al oír eso le quitara más confianza. Prefería estar allí que esperándolo en el apartamento, rodeada de bolsas de ropa recién comprada.

Finalmente Grigori la condujo a una elegante sala donde podría esperarlo hasta que saliera de la reunión en la que se encontraba. Hannah se sentó en un sofá de cuero. Sentado a su escritorio, Grigori la miraba de vez en cuando con creciente preocupación.

–Dime, Grigori –lo interrumpió para no seguir dándole vueltas a la cabeza–. ¿Cómo os conocisteis Sergei y tú?

Grigori levantó la vista del ordenador.

–¿No se lo ha contado él? –preguntó con cautela y, al ver que ella negaba con la cabeza, respondió, aunque sin demasiadas ganas de darle mucha información–: Crecimos juntos –se limitó a decir.

–¿En el mismo barrio?

–En el mismo orfanato.

–Pero... –Hannah se quedó pensativa–. Pensé que Sergei se había criado con su abuela.

–Sólo hasta los ocho años.

–¿Ella murió?

Grigori meneó la cabeza. Parecía acorralado, pero Hannah quería saberlo. Lo necesitaba.

–No, lo abandonó en el orfanato.

Hannah se quedó boquiabierta. ¿Cómo podía haber alguien tan malo como para abandonar a su propio nieto?

–No debería habérselo contado. Supongo que sabe lo reservado que es el señor Kholodov, señorita Pearl.

–Sí, lo sé.

–Por favor, no le diga que se lo he contado –le suplicó Grigori–. No me gustaría decepcionarlo.

–No le diré nada –prometió Hannah, pensando en que lo que le preocupaba al ayudante de Sergei era decepcionarlo, no que se enfadara.

Apenas habían pasado unos segundos cuando se abrieron las puertas que comunicaban la sala con el despacho de Sergei, que comenzó a hablar con Grigori en ruso, hasta que la vio y dejó la frase a medias. Por un instante, Hannah creyó ver algo parecido a una sonrisa en sus labios, pero enseguida adoptó su seriedad habitual.

–¿Qué haces aquí?

–Yo también me alegro de verte –Hannah se puso en pie y, sin pensárselo dos veces, se acercó a darle un beso en la boca. Él no le devolvió el beso–. Quería darte una sorpresa.

–Una sorpresa –repitió él como si fuera un concepto completamente extraño.

–Sí, ya sabes, me pareció que sería divertido. ¿Conoces la palabra? –se atrevió a preguntarle.

Después de un largo momento de tensión durante el que Sergei la miró sin la menor expresión, de pronto sonrió abiertamente.

–No, me parece que no la conozco. Supongo que podrías demostrarme lo que significa.

Hannah sonrió también, casi mareada de alegría. Sergei la agarró del brazo y se dirigió a su ayudante.

–Grigori, voy a tomarme el resto de la tarde libre.

Sergei salió del edificio con todo el cuerpo en tensión y continuó así cuando ya estaban los dos solos en el coche. Había sido una agradable sorpresa verla allí, pero no estaba acostumbrado a ese tipo de emociones y lo cierto era que había supuesto un gran esfuerzo decir lo correcto. Al menos creía haberlo conseguido, a juzgar por la sonrisa de Hannah.

–¿De verdad necesitas un coche a prueba de balas?

–Sí –respondió él sin dudarlo.

–¿Por qué?

No iba a explicarle el tipo de gente que había conocido a lo largo de su vida. Su pasado era sólo suyo.

–Soy rico y los ricos tenemos enemigos. Además, esto no es ni París ni Londres –salió del garaje y Sergei trató de no estar tan tenso. ¿Por qué no podría disfrutar del momento, del placer que suponía estar con Hannah, del modo en que acababa de sonreírle? Todo era muy raro desde que habían tenido aquella conversación en París. Ambos se sentían incómodos y eso no le gustaba nada–. ¿Dónde quieres ir?

La vio sonreír de nuevo, empeñada en estar contenta, pues seguía siendo optimista a pesar de lo que ella dijera.

–La otra vez no llegué a ver la catedral de San Basilio.

–Muy bien.

Media hora después entraban en el templo convertido en museo y Sergei comenzó a relajarse. Le bastaba con estar con ella y sentirla cerca.

–Háblame de tu infancia –le dijo Hannah poco después.

Sergei sintió que se le ponían en tensión todos los músculos del cuerpo.

–¿Por qué?

–Porque quiero saber más cosas de ti –respondió ella sin mirarlo a los ojos.

Sergei se detuvo en seco y se volvió a mirarla.

–¿Qué te ha contado Grigori?

–¿Por qué dices eso?

–Porque mientes fatal. Dime qué te ha contado.

–No quería contarme nada, no quería decepcionarte –dijo, mordiéndose el labio con incomodidad.

–No lo ha hecho –aseguró Sergei–. ¿Qué te contó?

–Que os criasteis en un orfanato.

–¿Eso es todo?

–Sí.

Sergei se relajó un poco.

–Es cierto.

–¿Cómo era aquello?

–¿Tú qué crees?

–Dios, Sergei...

–Había gente amable, que hacía lo que podía –echó a andar a toda prisa porque no quería hablar más del tema, pero Hannah fue tras él.

–¿Cuánto tiempo estuviste allí?

–Ocho años... hasta los dieciséis.

Salieron de la catedral y Sergei se sintió aliviado de que Hannah se olvidara del tema. Pero la tranquilidad no duró mucho porque aquella noche, después de pasarlo estupendamente durante la cena en uno de los mejores restaurantes de Moscú, Hannah volvió a la carga.

–¿Qué pasó después de marcharte del orfanato?

Sergei maldijo entre dientes. Acababan de entrar al apartamento y se disponía a abrazarla, pero eso lo dejó inmóvil.

–¿Por qué tenemos que hablar de esto?

–Quiero entenderte.

–Pero a lo mejor yo no quiero que me entiendas.

Se volvió a mirarla después de servirse un whisky; tenía la cara arrugada como si estuviera conteniendo las lágrimas y los ojos oscuros como dos nubes de tormenta.

–Pensé que íbamos a tener una relación de verdad y para eso tenemos que ser sinceros el uno con el otro.

Sergei tomó un trago de whisky. ¿En qué momento se le habría ocurrido decir aquello de la relación.

–La sinceridad está muy sobrevalorada.

–Sergei, es lógico que te haya afectado el tener una infancia tan traumática.

Aquello lo hizo explotar. Dejó el vaso sobre la mesa con un golpe y la miró fijamente.

–¡No hagas eso! No quiero que me tengas lástima.

–No siento lástima, sino orgullo.

–Eso es peor.

–¿Por qué? Pasara lo que pasara, es evidente que has llegado muy lejos...

–Déjalo, Hannah –se dio media vuelta porque no soportaba ver la compasión en sus ojos azules. Era como volver a tener catorce años y ver la lástima con que lo miraban los terapeutas y los posibles padres adoptivos. Pero en Hannah, no podía soportarlo–. Hace ya mucho tiempo de todo eso y ya está superado.

–¿De verdad?

Sergei apretó los puños.

–Eres mi amante, no mi terapeuta.

–Sólo quiero...

–¿Ayudar? –Sergei meneó la cabeza–. Créeme, ya lo ha intentado mucha gente, pero prefiero a los que no quieren ayudarme y se limitan a tratarme como una persona normal. Si vas a sentir lástima por mí y a tratar de analizarme, esto se acaba aquí, Hannah –le tembló la voz con la emoción. También le temblaba el cuerpo y, por el modo en que abrió los ojos de pronto, Hannah también se dio cuenta de ello–. No quiero ese tipo de relación.

Sintió su mirada preocupada sobre él. Sergei esperó con la certeza de que, si insistía en hablar del pasado, la acompañaría a la puerta sin titubear.

–Lo siento –dijo Hannah finalmente–. Tienes razón. Si no quieres hablar de ello, lo respeto.

Sergei sintió un profundo alivio porque, si bien era cierto que la habría echado de su casa, también lo era que no deseaba en absoluto hacerlo.

Cruzó la habitación en dos zancadas y la estrechó en sus brazos mientras la besaba. Necesitaba el contacto, su proximidad y, por el modo en que se acurrucó contra él, supo que ella también lo necesitaba.

Ya no hubo más preguntas.

Capítulo 11

YA CASI hemos llegado.

Sergei se desvió de la carretera principal dos horas después de salir de Moscú en dirección sur. Se encontraban en un camino privado rodeado de abedules y tilos que formaban un precioso arco sobre la carretera rural.

–Es precioso –murmuró Hannah.

Sergei sonrió, parecía un poco más relajado. Había pasado todo el camino muy tenso a pesar de que no habían hablado de nada que pudiera resultar conflictivo. Hannah sabía que la noche anterior se había excedido al presionarlo de ese modo, no debería haberle exigido que le contara nada que no estuviera preparado para compartir con ella. Y tenía razón también en que se había comportado como si quisiera curarlo y eso no era lo que ella quería.

Se había pasado la mayor parte de la noche tumbada junto a él con los ojos abiertos, tratando de pensar qué era lo que quería y, con la llegada de las primeras luces del día, por fin se había dado cuenta. Lo único que quería era amarlo... si él se lo permitía. No quiso pensar en qué significaba eso, ni qué supondría para ambos. Por el momento le bastaba con saberlo.

Enseguida apareció frente a ellos una bonita casa de campo del siglo XIX, construida en piedra rojiza y dos hileras de ventanas con los cristales divididos en rombos.

–Entonces éste es tu hogar –dedujo Hannah mientras aparcaban.

–No –dijo Sergei, sonriendo–. Ésta es mi casa de campo, aquí es donde recibo invitados –salió del coche y le pidió con un gesto que lo siguiera–. Mi casa está muy cerca.

Rodearon la casa de campo y cruzaron después un jardín y un pequeño huerto con varios cerezos en flor. Ahí estaba. Parecía una casita de cuento, con un tejado inclinado que casi llegaba al suelo y una preciosa puerta de madera con un pequeño cristal.

–Ésta es mi *dacha*.

Era pequeña, pero no le faltaba ningún detalle. La torre la ocupaba por completo el enorme dormitorio principal. Era perfecta.

–Me encanta –le dijo Hannah, con una enorme sonrisa.

Después de ver el interior de la casa salieron a hacer un picnic en un prado lleno de flores silvestres junto a un pequeño lago. Hacía una temperatura estupenda, así que Hannah se quitó el suéter y dejó que el cálido aire primaveral la acariciara.

Mientras Sergei iba dándole una exquisitez tras otra, Hannah no dejaba de observarlo y de pensar que parecía cómodo y tranquilo. Bajo la luz del sol estaba sencillamente hermoso, pensó con una punzada de deseo.

–¿Echas de menos la tienda?

Se detuvo a pensarlo por un momento.

–No me he acordado de ella ni una sola vez –admitió–. Supongo que eso quiere decir algo.

–¿El qué?

–Que es una causa perdida, como todo en mi vida.

Sergei rodó por el suelo hasta colocarse frente a ella y acariciarle la mejilla.

–¿Todo?

–No, no todo –admitió con un suspiro–. Sé que parece que me compadezco de mí misma y probablemente no sea cierto, pero es lo que siento a veces. Supongo que por eso tenía tantas reticencias a abandonar el proyecto definitivamente; no quería sentirme un fracaso.

–Por todo lo que me has contado, no habría sido tu fracaso. La tienda iba mal mucho antes de que tú te hicieras cargo de ella.

–Lo sé, pero eso hace que me sienta peor, más enfadada porque mis padres me ocultaron la verdadera situación económica. Cuando me hice cargo del negocio no encontré nada más que facturas y deudas... –volvió a suspirar con cierto cansancio–. Pero no es sólo la tienda. No terminé la universidad, ni creo que lo haga nunca. Y... –se detuvo, pues no estaba segura de poder continuar, aunque sabía que, si quería que Sergei algún día fuera sincero con ella, también tendría que hacerlo ella–. Mi único intento de mantener una relación de verdad fue un auténtico desastre.

–Espero que no te refieras a nosotros.

–No. Hablo de Matthew –tomó aire y luego lo soltó muy despacio–. Seguramente no quieras oír nada de él...

–La verdad es que no, pero continúa –le dijo con la mandíbula tensa, pero sonriendo.

–Entró a la tienda unas semanas después de... de mi viaje. Estaba de paso en el pueblo, me dijo que era de Albany, pero ni siquiera sé si es cierto. El caso es que era muy amable, encantador. Seguramente demasiado, pero mostraba mucho interés por todo, por mí y yo me dejé engañar –porque había deseado volver a sentir lo que había sentido con Sergei, pero, obviamente, no lo había conseguido.

Sergei se sentó apoyando los codos en las rodillas.

–Sigue –le dijo.

Hannah tuvo la impresión de que sabía lo que ella no estaba diciendo.

–La cosa duró unos meses. Nunca me contó nada sobre sí mismo, ni quería salir de la tienda; sólo estar allí y... –suspiró una vez más–. Supongo que todavía era muy ingenua porque me lo creí todo sin pararme a pensar siquiera que no era feliz. Hasta que un día entró una mujer en la tienda...

No terminó la frase, lo hizo Sergei.

–Que era su mujer.

Hannah se echó a reír con tristeza.

–Era obvio, ¿verdad? Yo, sin embargo, me quedé de piedra. La siguiente vez que vino Matthew me enfrenté a él; me dijo cosas horribles sobre por qué estaba conmigo y sobre lo que había habido entre nosotros –meneó la cabeza al recordar la humillación que le habían causado sus burlas. Se había sentido tan insignificante, tan avergonzada por haberse entregado a él–. Me imagino que fue entonces cuando dejé de esperar lo mejor de todo el mundo.

–Y supongo que yo también tuve algo que ver en ello.

Hannah no podía negarlo.

–Estaba herida por lo que pasó aquella noche –dijo casi sin mirarlo–. Y por las cosas que me dijiste.

–Lo sé.

–¿Por qué? –le preguntó en un susurro apenas audible.

–Porque... –tardó varios segundos en volver a hablar–. Me imagino que tenía miedo a todo esto.

–¿A qué?

–A esto, a nosotros dos. Sigo teniendo miedo.

La miró a los ojos fijamente y Hannah vio en la profundidad de sus ojos azules que estaba siendo completamente sincero.

–Lo siento –añadió–. No sé si sirve de algo.

–Claro que sirve.

–Pero no borra aquel momento.

–No, entonces el mundo me pareció un lugar muy triste.

–¿Y ahora? –le preguntó Sergei.

Hannah observó el intenso azul de sus ojos, la ligera sonrisa que curvaba sus labios y el modo en que el sol le iluminaba la piel.

–Quiero volver a creer –le dijo–. Igual que tú.

–Quizá sea más fácil de lo que creemos –murmuró Sergei–. Y no hay motivo para tener miedo.

Cuando levantó las manos Hannah vio que había hecho una guirnalda de flores increíblemente delicada.

–¿Cómo aprendiste a hacer una cosa tan bonita? –le preguntó mientras él se la colocaba sobre el cabello.

–Solía hacer muchas, pero con campanillas en lugar de margaritas.

–¿De verdad? –lo miró con escepticismo–. No sé por qué no habría imaginado que a las mujeres con las que has estado les gustaran las guirnaldas de flores.

Sergei se echó a reír, pero a Hannah le pareció que tenía la mirada triste.

–No las hacía para ellas. Las hacía para mi hermana.

Hermana. ¿Cuándo había pronunciado aquella palabra por última vez? Ni siquiera se había permitido decirla en silencio, sin embargo en aquel momento, con el sol bañándolos con su calor, había deseado decirlo. Había querido decírselo a Hannah. Quizá fuera por las preguntas de la noche anterior o porque había dejado de preguntarle cuando se lo había pedido. Quizá se debiera a que ella acababa de sincerarse o quizá la sinceridad fuera una parte instintiva y elemental en el proceso de aprender a amar. El caso era que deseaba abrirse a ella, contarle sus secretos igual que había hecho ella. Aunque fuera doloroso. Y quizá precisamente por eso.

–Había campanillas en un rincón del patio del orfanato y a Alyona le encantaban. Le conté que eran la señal de que llegaba la primavera y nunca lo olvidó.

–¿Alyona es tu hermana?

–Sí. Era... es diez años más joven que yo. La adoptaron cuando tenía cuatro años.

Hannah abrió los ojos de par en par, la tristeza los había inundado.

–¿Y a ti?

–Yo era demasiado mayor –era increíble que siguiera doliéndole tanto veintidós años después.

–¿Pero no podían separar a dos hermanos?

–No es lo habitual, no, pero en aquella época estaban empezando las adopciones internacionales y las reglas eran un poco difusas. Estábamos en edificios distintos por la diferencia de edad, así que fue fácil no prestarme atención.

–¿Quieres decir que la pareja que la adoptó no sabía que existías?

–Sí, sí que lo sabían –tragó saliva con amargura. Nunca había hablado de aquello con nadie, ni siquiera con Grigori y Varya–. Hicieron venir a un terapeuta para que me evaluara y no pasé la prueba.

–¿Cómo que no pasaste la prueba?

–Parece ser que me consideraron un caso perdido, al menos eso fue lo que me dijo el director –vio cómo a Hannah se le llenaron los ojos de lágrimas y estuvo a punto de venirse abajo. No soportaba verla llorar por él–. Supongo que no resultaba muy atractivo adoptar a un hosco adolescente de catorce años. Pero al menos la salvaron a ella –recordó el rostro de Alyona, tratando de ser valiente. No había sido capaz de despedirse de él–. Fue hace ya mucho tiempo, pero la verdad es que nunca he podido quitarme de la cabeza la pérdida de mi hermana.

–Ojalá pudiera darle un puñetazo en la cara a ese estúpido director –dijo Hannah con furia.

Sergei se echó a reír espontáneamente. La reacción de Hannah le pareció tan sincera, tan inesperada y sin un ápice de lástima.

–Yo también lo he deseado muchas veces –reconoció–. Ahora todo funciona mucho mejor y las leyes también son mejores. El orfanato donde crecí está cerca de aquí y me he encargado de que sea un lugar cómodo. Voy por allí cada vez que estoy en la zona.

Hannah le puso la mano en la mejilla.

–Eres un buen hombre, Sergei. Un hombre magnífico.

Sergei cerró los ojos e intentó tragar el nudo que tenía en la garganta. Deseaba creer a Hannah, pero sabía que se horrorizaría si conociera el resto de su historia. Su vida en la calle, el tiempo que había estado en la cárcel... Pero aún no estaba preparado para contárselo todo.

Lo que hizo fue besarla y abrazarla. Ella se entregó sin titubeos, en cuerpo y alma, aceptándolo por completo. Coló las manos bajo su blusa mientras se tumbaban en la hierba. No era el lugar más cómodo del mundo, sin embargo todo fue perfecto mientras se convertían en un solo ser y se movían como tal bajo el sol de la tarde.

Volvieron a la casa cuando estaba a punto de ponerse el sol.

–Creo que necesitamos un baño –anunció Sergei, quitándole briznas de hierba del pelo.

–Me he fijado en que la bañera es lo bastante grande para dos.

–Sí, además no queremos malgastar el agua.

Sergei no creía haber experimentado nada tan deliciosamente erótico como bañarse con Hannah y dejar que lo enjabonara dulcemente.

–¿Cómo pasaste de huérfano a millonario? –le preguntó con cautela–. Debes de ser muy listo.

–Más bien, muy afortunado.

–La suerte no lo es todo, hay que tener mucho talento y determinación. Y a veces eso no basta –aseguró ella, seguramente pensando en la tienda–. Ni siquiera sé cuál es el negocio de Kholodov Enterprises.

–Nada ilegal, si es lo que te preocupa –estaba volviéndolo loco con los movimientos de su mano.

–No estaba pensando eso –protestó ella.

Sergei la levantó lo suficiente para colocarla a horcajadas sobre sí.

–¿Qué estabas diciendo? –le preguntó con fingida inocencia.

–Algo... sobre... negocios –consiguió decir Hannah sin apartar los ojos de los de él, hasta que finalmente se adentró en su cuerpo y dejaron de hablar los dos.

Después, mientras cenaban frente a la chimenea, Sergei pensó que no había visto nunca nada tan hermoso como Hannah en albornoz y comiéndose una tostada.

No tardó en volverle a preguntar por sus negocios y, aunque a Sergei ya no le importaba que lo hiciera, seguía poniéndole un poco tenso.

–Hacemos un poco de todo, desde negocios inmobiliarios hasta nuevas tecnologías.

–¿Qué es lo que más te gusta?

–Supongo que el lograr lo que me propongo –dijo después de considerarlo durante unos segundos–. Y la estabilidad.

–¿Mantienes el contacto con alguien de...? –se detuvo en seco al caer en la cuenta–. Grigori.

–Sí.

–Y supongo que Ivan también –Sergei asintió–. Y Varya –añadió poco más tarde y, al ver que se encogía de hombros, se acercó a acariciarle la cara–. ¿Hay alguien a quien no hayas intentado salvar?

–A mucha gente. Hay muchas personas que no quieren que las salven.

–Sí, me he dado cuenta de que no se puede obligar a nadie a querer lo que uno quiere, ¿verdad?

El sonido del teléfono móvil de Sergei le impidió responder. No sabía si responder, pero Hannah le pidió que lo hiciera por si era algo importante. Se le heló el corazón al ver quién llamaba. El investigador privado que había contratado.

–Señor Kholodov, tengo noticias –anunció nada más saludarlo.

Sergei se apartó ligeramente de Hannah.

–¿De qué se trata?

–La he encontrado, señor Kholodov. He encontrado a Alyona.

Capítulo 12

SERGEI apretó el teléfono entre los dedos. El corazón le latía con fuerza y el temor le hacía plantearse si realmente quería oír algo más.

–Ahora se llama Allison Whitelaw –le contó el investigador–. Vive en San Francisco, donde trabaja como profesora en una escuela infantil. No está casada. Tengo su dirección y su número de teléfono, pero si quiere, puedo ponerme en contacto con ella primero; a veces es más fácil que haya un intermediario.

–Muy bien –dijo, consciente de la curiosidad de Hannah–. Me gustaría que lo hiciera lo antes posible.

Sergei puso fin a la llamada y se volvió hacia Hannah, que se había puesto a retirar los platos de la cena. Viéndola moverse por su casa, Sergei se dio cuenta de que le gustaba mucho verla allí, en el único hogar que había tenido en la vida. Le gustaba tanto que sintió un estremecimiento y se lanzó a hablar.

–Era un investigador privado que contraté para que buscara a Alyona.

Hannah se giró hacia él.

–¿Y la ha encontrado?

–Sí.

–Dios mío, Sergei.

–Lleva buscándola alrededor de un año –le explicó Sergei–. Desde que te conocí –añadió y se dispuso a aclarar por qué–. Nunca antes había intentado buscarla porque no quería pensar en ello, prefería olvidar y me daba miedo lo que pudiera descubrir –dijo con profunda tristeza–. Pero entonces te conocí, me dejaste impactado con tu inocencia y tu optimismo y decidí emprender la búsqueda. Y ahora la ha encontrado, vive en California.

–¿Vas a ponerte en contacto con ella?

–Sí. Ya veremos qué ocurre –¿cómo reaccionaría Alyona? Quizá ni siquiera lo recordaba.

Hannah fue hasta él y lo abrazó con fuerza.

–Qué emocionante, Sergei.

Y estando entre sus brazos, Sergei la creyó.

Tuvieron tres días para disfrutar de paseos, algunos baños en el lago y largas horas haciendo el amor. Fueron tres días maravillosos y, aunque era evidente que Sergei estaba algo nervioso por la noticia de Alyona, no permitió que eso estropeara el momento, Hannah se lo agradeció.

Había descubierto que era un hombre increíble del que estaba locamente enamorada. Al final había sido fácil, así que le resultaba difícil creer que sólo unos días antes hubiese estado pensando que lo suyo no tenía ningún futuro. Ahora sin embargo todo iba de maravilla hasta que empezó a torcerse.

Todo comenzó con una llamada.

Estaban paseando por la finca cuando sonó el teléfono de Sergei y, unos segundos después, le cambió por completo la expresión de la cara.

–¿Qué ha pasado? –fue todo lo que comprendió Hannah porque después continuó la llamada en ruso, aunque se podía percibir la urgencia y la gravedad del asunto–. Tenemos que volver a Moscú –anunció unos minutos más tarde.

–¿Qué ha ocurrido?

Sergei titubeó, apretando los labios. Parecía enfadado y Hannah no pudo evitar preguntarse si su relación sería lo bastante fuerte para enfrentarse juntos a la realidad.

–¿Sergei? –le preguntó con calma.

–Es Varya –dijo, nada más.

Hicieron el equipaje prácticamente sin hablar. La casa parecía molesta ante su repentina marcha, hasta el cielo se había cubierto de nubes de lluvia cuyas gotas empezaron a caer tan pronto como se pusieron en marcha.

–¿Qué ha pasado con... con Varya? –se atrevió a preguntarle Hannah mientras se alejaban de la casa. Aunque creía que entre Sergei y aquella mujer no había pasado nada, sólo con pronunciar su nombre recordaba la humillación que había sentido aquella noche al verlo pasarle el brazo por la cintura.

–Está herida otra vez –respondió él escuetamente.

–¿Otra vez?

Tenía los brazos en tensión y una dura expresión en el rostro.

–Varya siempre está metiéndose en problemas. He intentado ayudarla, pero no se deja –bajó la mirada con gesto apesadumbrado–. Como tú dijiste, no se puede obligar a nadie a querer algo.

Hicieron el resto del camino casi en completo silencio y, dos horas después, Sergei aparcó el coche frente a uno de los mejores hospitales de Moscú. Grigori los esperaba a la puerta de la habitación de Varya, con el rostro desencajado de preocupación. Sergei habló con él en ruso y le puso una mano en el hombro en un gesto de comprensión y apoyo. Después habló con las enfermeras y los médicos antes de entrar solo a la habitación.

Hannah se quedó allí fuera. Sabía que era absurdo ponerse celosa y en realidad lo que sentía no eran celos, sólo inseguridad. Tenía miedo que su incipiente relación con Sergei no sobreviviera a aquellas pruebas.

Grigori se sentó a su lado en la sala de espera y le dedicó una tímida sonrisa.

–Hay un dicho ruso que afirma que «el amor es como cuando un ratón cae en una caja. No tiene escapatoria».

–Es un dicho muy triste –comentó Hannah.

–Pero cierto, ¿no cree?

–Sí –admitió con un suspiro y tardó varios segundos en caer en la cuenta–. ¿Estás enamorado de Varya?

–Desde que éramos niños y estábamos en el orfanato. Sergei siempre cuidaba de nosotros.

Hannah sintió que se le formaba un nudo en la garganta. Podía imaginárselo perfectamente.

–Y siguió haciéndolo cuando salimos del orfanato –continuó contándole–. Él salió primero y vino a buscarnos cuando Varya y yo cumplimos los dieciséis. Daba mucho miedo encontrarse en la calle sin nada excepto lo que llevabas encima. Sergei se aseguró de que tuviéramos comida, un lugar donde quedarnos, pero Varya... –hizo una dolorosa pausa–. Un tipo de unos veinte años se fijó en ella, era el jefecillo de una pandilla callejera. No era bueno para ella. Sergei intentó protegerla, pero ella no aceptaba su ayuda. Siempre ha sido muy orgullosa. Y entonces, cuando Sergei estuvo... –se detuvo en seco y meneó la cabeza–. Hablo demasiado. A Sergei no le gustaría que le contara estas cosas –la miró con una tenue sonrisa en los labios–. Usted lo ama.

Hannah se sonrojó, pero asintió.

–Sí.

–Me alegro por él. Nunca lo ha amado nadie, ninguna mujer. Hay otro dicho en Rusia: «No se puede vivir sin el sol, ni se puede vivir sin amor» –entonces se abrió la puerta de la sala y apareció Sergei.

–Quiere verte, Grigori –anunció, con aspecto increíblemente cansado y triste–. A lo mejor tú consigues que entre en razón.

Miró a Hannah y ella percibió con absoluta certeza que volvía a alejarse, a encerrarse en sí mismo. Lo veía, pero no sabía qué hacer.

–Sergei...

–Es tarde. Vámonos a casa.

Hannah lo siguió sin decir nada más y tampoco hablaron en el trayecto hasta el apartamento. Una vez allí, Sergei se abrazó a ella y comenzó a besarla con una desesperación que hizo que a Hannah se le encogiera el alma. Lo besó también con todo su corazón y el amor que llevaba dentro.

Pero de pronto Sergei se apartó de ella y se quedó frente a la ventana, dándole la espalda.

–¿Qué ocurre? –le preguntó, Hannah, con el cuerpo dolorido y llena de deseo.

–Nada cambia –protestó–. Siempre es lo mismo.

–Comprendo cómo te sientes.

–No lo creo –la interrumpió duramente–. No tienes ni idea de lo que se siente cuando no se puede escapar del pasado, es como si te persiguiera un fantasma –soltó una amarga carcajada–. Yo soy mi propio fantasma. Varya siente lo mismo que yo. No tienes idea de las cosas que hemos visto, de lo que hemos hecho;

tú has vivido en tu mundo lleno de tranquilidad. ¡No tienes la menor idea!

Hannah respiró hondo.

–Tienes razón.

Al oír eso, Sergei se volvió hacia ella.

–Lo siento –dijo después de un momento–. No debería haberte hablado así, ni haber esperado que lo comprendieras.

Hannah pensó que en realidad había dado por hecho que no lo comprendería, pero ella quería hacerlo. No quería que Sergei volviese a distanciarse.

Pero no tuvo oportunidad de decírselo porque la conversación se vio interrumpida por una llamada de teléfono.

Hannah se puso en tensión, presentía que aquella llamada lo cambiaría todo.

–Sergei, no...

Pero él ya había respondido y escuchaba con gesto grave lo que le decían desde el otro lado de la línea.

–Muchas gracias –dijo finalmente antes de colgar.

–¿Qué...?

–Discúlpame –le dijo suavemente, con un susurro que no presagiaba nada bueno.

Sergei se metió en el dormitorio y cerró la puerta tras de sí, y Hannah tuvo la certeza de que había ocurrido algo importante. Algo terrible.

Capítulo 13

SERGEI clavó la mirada en el paisaje que se extendía tras la ventana del dormitorio mientras las palabras del investigador seguían retumbando en su mente.

«No quiere mantener ningún contacto. Lo siento».

Alyona no quería verlo. Ni siquiera quería recibir ningún tipo de correo suyo. No quería ningún tipo de contacto con él. Después de veinte años echándola de menos, un año buscándola y toda una vida queriéndola, resultaba insoportable que lo rechazara así.

No, lo que resultaba insoportable era haber albergado esperanzas. Nunca había querido esperar nada, por eso no había tratado de encontrarla hasta ese momento. Hasta que había conocido a Hannah.

Hannah, con su sonrisa tímida, sus palabras dulces y sus ojos azules, con su ridícula visión del mundo, Hannah le había hecho albergar esperanzas. Le había hecho creer en finales felices que no existían, al menos para personas como él. ¿Cómo había podido ser tan tonto de permitirle que lo engañara de ese modo?

Comenzó a ir de un lado a otro de la habitación mientras se le agolpaban los recuerdos en la memoria y se burlaban de él.

Su abuela diciéndole que no lo quería, como tampoco lo habían querido sus padres. Nadie lo había querido nunca. Aún podía ver su cara de absoluto desinterés mientras le sujetaba la muñeca para infligirle sus «castigos», las quemaduras de cigarrillo. Las caras indiferentes de los empleados del orfanato o de aquéllos que no podían mirarlo sin sentir lástima por él. El rostro de los terapeutas que habían intentado ayudarlo y no habían podido ocultar su horror. Los rasgos endurecidos de los pandilleros de la calle, que sólo se interesaban por él si sabía robar o vender algo. El gesto angustiado de cualquiera de las personas a las que había dejado ensangrentadas después de una pelea callejera. Y la cara de satisfacción del policía que lo había encerrado cuando lo habían condenado por robo.

Eran tantas caras.

Y por último, la cara de sorpresa y tristeza que pondría Hannah cuando le dijera que no podía hacerlo, que ya no podía permitirse albergar más esperanzas. Que no podría cambiar.

De pronto lo supo con una certeza que hizo añicos las ilusiones que se había hecho durante los últimos días.

Fue hasta la puerta lentamente. Sabía lo que debía hacer, pero sentía una increíble angustia. No quería sentirla, pero sin duda era mejor cortarlo cuanto antes, puesto que no tenía ningún futuro.

Después de caminar por todo el salón, Hannah se detuvo frente a la ventana y miró a la oscuridad del exterior. No sabía quién había llamado a Sergei, ni qué le habían dicho, pero sabía que no era nada bueno y tenía la terrible sensación de que, cuando saliera del dormitorio, sería para decirle que lo suyo había terminado.

Por una parte deseaba luchar por él y por otra estaba cansada de pelear, de acabar decepcionada, herida y rechazada. Quizá hubiera hecho bien en creerle cuando le había dicho que todo el mundo acabaría engañándola o defraudándola. Y sin embargo allí estaba, con el corazón en un puño, encogido de desesperación y tristeza. Quizá hubiera llegado el momento de marcharse.

El problema era que no deseaba hacerlo. Quería quedarse porque amaba a Sergei. Ella misma había elegido conscientemente amarlo y sabía lo que implicaba. Implicaba quedarse, creer en él y tener esperanza.

Justo en ese momento se abrió la puerta del dormitorio y apareció Sergei.

Nada más verlo Hannah supo que no iba a estrecharla en sus brazos. No tenía buenas noticias.

–¿Quién te ha llamado?

–No importa –respondió él en un tono duro que Hannah no le había oído desde hacía tiempo, desde hacía un año.

–¿Qué ocurre, Sergei?

–No puedo seguir con esto, Hannah –le dijo con voz fría–. Pensé que podría intentar tener una relación de verdad, pero no puedo. Lo siento.

Pronunció aquellas palabras con voz neutra, sin la más mínima emoción. Hannah se preguntó si realmente era el mismo hombre que la había abrazado y acariciado como si fuera un tesoro, que le había secado las lágrimas.

–¿Eso es todo? –le preguntó, mirándolo con furia y asombro–. ¿No vas a darme ninguna excusa, ninguna razón? –lo vio titubear un instante y aprovechó la oportunidad–. Al menos tendrás que darme una razón, Sergei.

Se dio media vuelta para que él no la viera llorar.

–No tengo por qué darte nada, Hannah.

Lo miró sin comprender, de pronto estaba ante un desconocido. De pronto se le ocurrió que quizá le había estado mintiendo todo el tiempo; quizá nunca había tenido intención de mantener una relación, sólo lo había utilizado como excusa.

–¿Es así como acabas con todas tus amantes?

Sergei la observó fríamente durante al menos treinta segundos antes de responder.

–Más o menos. A veces les regalo una pulsera, pero como a ti ya te regalé la gargantilla... Ivan te llevará al aeropuerto –ésas fueron sus últimas palabras.

La puerta del dormitorio volvió a cerrarse con un sonido definitivo. Hannah se quedó allí de pie unos segundos, temblando, asombrada y furiosa. Entonces, sin siquiera pararse a pensar lo que hacía, fue hasta la puerta y, al encontrarla cerrada, empezó a aporrearla.

–¡Eres un cobarde! –le gritó–. ¡Te escondes detrás de esa fachada de tipo duro porque estás muerto de miedo! En cuanto surge un problema y nuestra relación es algo más que picnics, flores y sexo, te escondes donde nadie pueda verte. ¡Eso es ser un cobarde! –las palabras manaban de ella de manera incontrolable, pero no obtuvo más respuesta que el silencio.

Se sentó en el suelo y apretó las rodillas contra el pecho. Quería llorar, pero el dolor era tan intenso que ni siquiera podía llorar. Seguramente debería haberse puesto en pie, preparado el equipaje y esperado a Ivan, pero se negaba a ponérselo tan fácil a Sergei. No pensaba irse de allí con una gargantilla y una maleta llena de ropa que nunca había querido.

Pero ¿qué podía hacer? ¿Quedarse allí sentada en el suelo como un perrillo?

Entonces se oyó el cerrojo y volvió a abrirse la puerta. Hannah se puso en pie y miró a Sergei.

–No soy un cobarde –aseguró, mirándola con los ojos brillantes como dos diamantes.

–Demuéstralo –espetó Hannah–. No huyas en cuanto las cosas de ponen difíciles –lo vio mirarla con una extraña expresión que no sabía si identificar como de enfado, tristeza o de cualquier otra cosa–. Dime quién te ha llamado.

Sergei se cruzó de brazos y adoptó un gesto indiferente que no engañó a Hannah.

–Era el investigador privado.

Hannah comprendió cuáles eran las noticias que debía de haber recibido Sergei.

–¿Por qué?

–Si me estás preguntando por qué no quiere verme, me parece que la respuesta es obvia. Tiene cosas mejores que hacer; tiene su propia vida desde hace años y en esa vida no hay sitio para mí.

–¿Sufres un revés y automáticamente decides apartarme de tu lado?

–No le quites importancia –le advirtió él fríamente.

–Jamás se me ocurriría hacer nada semejante, Sergei –extendió las manos y se dio cuenta de que le temblaban, pero le dio igual. Quizá fuera bueno que Sergei se diera cuenta de hasta qué punto le afectaba y le daba miedo, quizá así dejara de empeñarse en ocultar sus sentimientos–. Mis problemas son los que carecen de importancia comparados con todo lo que tú has sufrido.

–No sientas lástima por mí –gruñó él.

–Siento lástima por cualquier niño que sufra lo que tú sufriste. ¿Tú, no?

Sergei la miró con los ojos muy abiertos y sin hablar durante un buen rato.

–Sí, yo también.

Hannah sintió que había obtenido una pequeña victoria, aunque ni siquiera sabía lo que eso significaba.

–¿Por qué me dijiste que esto no iba a funcionar?

–Porque no creo que lo haga –dijo él por fin–. Y no es sólo por Alyona, es todo. El ver a Varya en el hospital y darme cuenta de que nunca cambiará...

–¿Qué se supone que significa eso?

–Significa que he visto y hecho cosas que te espantarían, que harían sentir horror y asco –hablaba con voz tranquila, pero tenía los músculos del cuello en absoluta tensión–. No soy el hombre que tú crees, Hannah.

–Tampoco eres el que tú crees –respondió ella.

–Pensé que ya no eras optimista –replicó con cierta burla.

Hannah recordó de pronto aquella noche un año atrás, mirando a Sergei y diciéndole lo que en ese momento creía fervientemente.

«Estás intentando apartarme de tu lado, pero no comprendo por qué. Puede que tengas miedo de hacerme daño, o simplemente tienes miedo. Eres mejor persona de lo que crees».

Lo había creído entonces y volvía a creerlo ahora.

–No soy optimista, ni ingenua. Veo las cosas con absoluta claridad y creo que tienes miedo, tú mismo me lo confesaste.

–No tengo miedo.

–A mí me parece que sí –insistió Hannah–. Tienes miedo de que esta relación funcione. Yo no soy ninguna experta, pero estoy dispuesta a arriesgarme y darle una oportunidad a todo esto, lo cual no significa sólo hacer escapadas románticas e ir a hoteles de lujo. Estoy dispuesta a afrontar la vida real, a esforzarme. ¿Y tú?

–Yo sé que esto no puede funcionar.

–¿Porque no eres capaz de intentarlo siquiera? –le preguntó en tono burlón y provocador–. ¿No te crees capaz de amar a alguien? Yo también lo habría creído si no te hubiera visto con Varya en el hospital, o con Grigori, o si no te hubiera oído hablar de Alyona. En realidad creo que tienes mucho amor para dar, Sergei. Así que no creo que sea por eso por lo que quieres apartarme de tu lado.

–Déjalo.

–Debe de ser otra cosa. A lo mejor tienes miedo de que yo no te ame.

La miró con los ojos brillantes y los labios apretados.

–¿Lo haces? ¿Me amas? –aclaró, pero antes de que Hannah pudiera responderle, siguió hablando, enumerando las razones por las que creía que no podría amarlo–. ¿Amas al hombre que salió del orfanato para robar a los turistas?

Hannah lo miró boquiabierta.

–Por eso sabías lo que iban a hacer esos muchachos en la Plaza Roja.

–Pero yo no me limité a robar turistas, Hannah. Era muy fuerte y eso me resultó útil para intimidar a mis enemigos. Me metí en una banda callejera e hice cualquier cosa para obtener dinero.

–Tenías que sobrevivir.

–Incuso di palizas a gente por encargo –siguió diciéndole, empeñado en que conociera todos sus sórdidos secretos. Le confesó que había estado en la cárcel por robo, donde se había hecho los tatuajes: un crucifijo y los tres capiteles que representaban los tres años que había pasado encerrado.

–Debió de ser horrible –le dijo ella, horrorizada.

–Un verdadero infierno sin lugar para la esperanza.

–Pero saliste.

–Sí, me redujeron la condena por buen comportamiento. Al menos la cárcel me sirvió para tomar la decisión de no volver jamás a la calle y, gracias a lo que aprendí allí, conseguí un trabajo en una firma de electrónica.

–¿Y luego?

–Trabajé mucho, escuchaba, estudiaba de noche todo lo que podía. Un día escuché a dos ejecutivos hablando sobre un problema técnico que tenía el último teléfono móvil que habían lanzado y les hice una sugerencia. Ellos la aceptaron y me aseguré de que me recompensaran por ella.

–Gracias, una vez más, a tus dotes intimidatorias.

Sergei esbozó una ligera sonrisa, pero su mirada seguía siendo muy fría.

–Algo así.

–Y diez años después era el dueño de la empresa.

–Cinco.

–Sergei, eres increíble –dijo al tiempo que se acercaba a él, pero se detuvo cuando él empezó a menear la cabeza.

–¿Es que no has escuchado nada de lo que he dicho?

–Sí, lo he oído todo. No necesito una lista de todas las cosas horribles que has hecho en el pasado. Ya no haces nada de eso, ¿verdad?

–No, claro que no.

–Y, según me has dicho, Kholodov Enterprises es un negocio perfectamente legal.

–Sí –afirmó, ofendido.

–¿Y no vas por ahí rompiéndole los brazos a nadie?

–No –resopló.

–¿Se supone que debo decir que no puedo amarte por lo que hiciste cuando eras un adolescente aterrado?

–Ahora ya sabes de lo que soy capaz.

–Sí, sé que eres capaz de llegar a lo más alto partiendo de lo más bajo. Eres capaz de trabajar al máximo y esforzarte por salir adelante teniéndolo todo en contra. Y no sólo por ti mismo, sino también por la gente a la que quieres. Supongo que Grigori sería un buen ladrón.

–Grigori jamás robó nada –se apresuró a decir, de nuevo ofendido.

–Ya veo, tú eras el único que lo hacía y después te asegurabas de que no les faltara de nada y que nunca tuvieran que hacer el trabajo sucio.

–No los culpes a ellos...

–Entonces tú deja de culparte a ti mismo –respondió ella, que parecía casi tan furiosa como él–. Deja de castigarte por lo que hiciste hace años. Has sobrevivido y has ayudado a tantos como has podido. ¿Dónde estarían Varya, Grigori o Ivan sin ti? –se acercó un poco más a él, mirándole con todo el amor que llevaba dentro–. Estoy orgullosa de ti, y no lo digo con superioridad ni con lástima. Te admiro por haber superado todo eso y haberte convertido en el hombre que eres ahora –se puso de puntillas y le tomó el rostro entre las manos–. Te amo, Sergei. Te amo tal como eres ahora, pero también amo al muchacho que fuiste. Eres maravilloso –le tembló la voz por la emoción y los ojos se le llenaron de lágrimas–. Y me haría muy feliz que me besaras ahora mismo.

Sergei la miró durante una verdadera eternidad en la que Hannah se preguntó si iba a volver a rechazarla.

Pero la expresión de su rostro fue cambiando de la incredulidad a la gratitud y a la alegría.

En sus labios apareció una sonrisa luminosa y luego la estrechó en sus brazos para besarla apasionadamente. Y Hannah fue feliz.

Muy feliz.

Capítulo 14

HANNAH se despertó acurrucada junto a Sergei. Después de todo lo sucedido en las últimas veinticuatro horas, la noche anterior había acabado maravillosamente. No sabía lo que les deparaba el futuro, pero estaba llena de esperanza y tenía la certeza de que esas esperanzas no se basaban en un optimismo ingenuo, sino en la experiencia. En el amor.

Sintió que Sergei se movía, buscando su mano y, sin decir nada, sus dedos se entrelazaron suavemente.

–Tenemos que volver al hospital –anunció Sergei poco después. Ahora estaban juntos en eso y en todo–. Ya no sé qué hacer para ayudar a Varya.

–A lo mejor no eres tú el que tiene que hacer algo.

–¿Entonces quién?

–¿No se te ocurre nadie?

–¿Grigori?

–Está enamorado de ella.

–Lo sé.

Hannah lo miró con una sonrisa de amor y orgullo en los labios.

–Puede que ese amor la ayude más que ninguna otra cosa.

–¿Y bastará con eso?

Las palabras de Sergei quedaron flotando en el aire, rompiendo la intimidad del momento. Hannah se preguntó si se referiría a Grigori y a Varya, o a ellos dos. ¿Seguiría teniendo dudas? Por supuesto que sí, una sola conversación no cambiaba toda una vida de dolor, de culpa y de incertidumbre. Haría falta mucho tiempo para fortalecer la relación que acababan de comenzar.

Una hora después se encontraron con Grigori en el hospital. Parecía cansado, pero algo más optimista que el día anterior. Varya se encontraba mejor y había reconocido que tenía que cambiar de vida.

–Le he dicho que la quiero –anunció Grigori tímidamente–. Es la primera vez que lo hago.

Sergei esbozó una ligera sonrisa.

–¿Y?

–Bueno, no me ha dicho que sienta lo mismo, ni yo esperaba que lo hiciera, pero al menos ha accedido a venir a casa conmigo y dejar que yo la cuide –se encogió de hombros en un gesto de disculpa–. Sé que no es mucho, pero es algo.

Sergei le puso la mano en el hombro con cariño.

–Me alegro mucho, Grisha.

Pasaron juntos a ver a Varya y Hannah se quedó atónita al ver a la mujer que un año antes había visto como una amenaza. En la cama de hospital, sin maquillaje y con el pelo retirado de la cara, parecía tan joven y vulnerable.

Nada más ver a Sergei le tendió las manos y le dio las gracias por todo. Le habló en ruso, pero Grigori tradujo todo para Hannah.

–Dice que por fin ha abierto los ojos, gracias a mí –le explicó Grigori con orgullo y algo de vergüenza.

–Me alegro mucho, Varya –respondió Sergei–. Yo sólo quiero verte feliz.

Varya asintió con los ojos llenos de lágrimas, llenos de tristeza y de experiencias.

–Dice que ella también quiere ver feliz a Sergei –siguió traduciendo Grigori mientras Varya miraba a Hannah–. Le ha preguntado si va a ser feliz contigo.

Hannah contuvo la respiración. Sergei se volvió hacia ella y la miró de un modo que la hizo ruborizar.

–Mucho –dijo él y nadie dijo nada después de eso.

Después de salir del hospital, fueron los dos juntos a comer cerca de la Plaza Roja. Hannah observó los capiteles de la catedral y se preguntó qué habría pasado si aquellos muchachos no le hubiesen robado. Si Sergei no hubiese intervenido. Su vida habría seguido igual; habría continuado luchando por la tienda, sin reconocer lo infeliz que era.

Se volvió hacia Sergei y rompió el ambiente tranquilo y pensativo que los había acompañado desde la visita a Varya.

–Tengo que volver a Nueva York.

–Comprendo –dijo él con cierto recelo.

–Tengo que encargarme de algunas cosas –le explicó.

–¿Quieres que vaya contigo?

–No. Tú tienes trabajo y creo que debo hacerlo sola. No tardaré más de una semana –añadió al ver el gesto de Sergei.

–Y después volverás –dijo, quizá para convencerse a sí mismo.

–Sí –aseguró ella sin dudarlo–. Volveré.

Era raro estar de vuelta en Hadley Springs. Allí todo seguía igual mientras que su vida había cambiado tanto.

En realidad no todo seguía igual, la tienda estaba muy cambiada gracias a la influencia y al entusiasmo de Lisa. Era evidente que le gustaba estar allí y por eso el lugar parecía ahora más alegre y con más posibilidades de tener éxito. Hannah se alegró mucho y se decidió a proponerle lo que había pensado.

Después de varias horas de conversación y una botella de vino, todo quedó acordado entre su amiga y ella. Hannah le contó lo sucedido con Sergei y Lisa accedió encantada a comprarle la tienda.

De nuevo sola, Hannah observó la tienda y se alegró de que al fin fuera a tener la oportunidad que sus padres habrían deseado. Se alegró de dejar atrás el rencor y la rabia que había acumulado hacia ellos en el último año. En realidad sabía que sus padres la habían querido, aunque hubiesen tomado decisiones equivocadas en asuntos económicos y aunque su madre le hubiese mentido... Hannah sabía que podría olvidarlo y perdonar.

Seguiría adelante tal y como había hecho Sergei.

Apagó las luces de la tienda y salió de allí con una sonrisa en los labios.

Sergei miró con rabia y cansancio los documentos que tenía delante, pero no pudo enfocar la vista en los números. Llevaba una semana sin dormir bien, desde que se había ido Hannah. No estaba acostumbrado a echar de menos a nadie, ni a sentir algo tan intenso por una mujer, pero lo cierto era que no paraba de preguntarse cuándo volvería o si lo haría.

En ese momento sonó el intercomunicador y Sergei contestó sin pensar.

–Hay una mujer que quiere verlo –anunció Grigori.

–Hazla pasar –dijo Sergei de inmediato, seguro de que sería Hannah.

Tenía la sonrisa preparada para verla cuando se abrió la puerta y se encontró ante una desconocida.

O quizá no tan desconocida.

Sergei miró a la joven de cabello rubio y enormes ojos azules... tan azules como los suyos.

–¿Alyona? –dijo, con el corazón a punto de escapársele por la boca.

–¿Usted es... Sergei Kholodov?

–Sí –claro, no lo reconocía–. ¿Y tú eres Allison Whitelaw?

–Sí –le estrechó la mano que él le había tendido–. Pensará que estoy loca por presentarme de este modo. Mis padres ni siquiera saben que estoy aquí, pero necesitaba verlo, no sólo hablar por correo electrónico o por teléfono. Siento interrumpir...

–No, no te preocupes. Pasa y siéntate.

Se sentaron el uno frente al otro y no dijeron nada durante un largo rato. Sergei tenía un nudo en la garganta; llevaba veintidós años esperando ese momento y sin embargo ahora no sabía qué hacer.

–Le dije al detective que no quería saber nada de usted porque estaba asustada –le confesó–. Ni siquiera sabía que tenía un hermano. Y mis padres tampoco –dijo y Sergei no la contradijo–. Pero desde que recibí ese correo no pude dejar de pensar en ello... en ti –lo miró a los ojos, como había hecho tantas veces de niña.

«No tengo miedo, Serozhya. Si estoy contigo no tengo miedo».

–De pronto empecé a recordar cosas. Pequeños detalles como un gato de peluche –siguió diciendo Alyona... Allison.

–Tenías un gatito de peluche –confirmó Sergei a pesar de la emoción que le atenazaba la garganta–. Leo.

–Leo, de... –hizo una pausa como si las palabras fueran llegándole poco a poco a la memoria–. De Leonity.

–Sí. Por nuestro padre.

Se quedaron los dos en silencio unos segundos.

–Y me acuerdo de otras cosas. De flores.

–Campanillas –le dijo él–. Crecían en un rincón del patio y yo solía recogerlas para ti.

–¿Por qué nos separaron?

Sergei trató de explicárselo con mucha cautela, pues no quería contradecir la versión que le habían dado sus padres adoptivos, ni crear ningún tipo de conflicto entre ellos y Alyona.

–Si mis padres hubieran sabido que tenía un hermano, te habrían adoptado también. No tengo ninguna duda –dijo, pero enseguida adivinó algo en el silencio de Sergei. Siempre había sido muy avispada–. Crees que lo sabían.

–Yo no quería encontrarte para hablar de eso.

–No lo sabían, Serozhya. Te lo prometo, se quedaron atónitos...

–¿Cómo acabas de llamarme?

Ella parpadeó, sorprendida, y Sergei sonrió encantado.

–Serozhya –repitió. Se acordaba de él–. Te aseguro que no sabían nada de ti y he leído que a menudo se separaba a los hermanos sin que los padres adoptivos lo supieran, porque así era más fácil para los orfanatos.

Sergei se dio cuenta de pronto que estaba dispuesto a creerla, a pensar que quizá había sido un error. Y todo gracias a Hannah, que le había enseñado a no esperar siempre lo peor. Ahora prefería tener esperanza.

–Puede que tengas razón –admitió, sonriendo.

Ella sonrió también.

–Están deseando conocerte.

Eso le sorprendió y emocionó, aunque también le dio cierta tristeza al pensar en todo lo que se habían perdido durante años.

–¿De verdad?

–Claro. Es una lástima porque todos estos años podríamos haber sido una familia.

Una familia. Eso era algo que Sergei nunca había tenido. Había tenido una abuela que lo odiaba, unos padres ausentes y una hermana que le habían arrebatado.

Pero ahora tenía a Hannah, que también era su familia. Y quizá pudiera tener a Alyona y a sus padres.

–Me encantará conocerlos –le dijo a Allison–. Pero antes, ya que estás aquí, quiero saberlo todo de ti –se puso cómodo en la silla para escuchar.

Era un gusto estar de nuevo en Moscú. Salió del aeropuerto, tomó un taxi y le dio al conductor la dirección de la oficina de Sergei. Eran las diez de la mañana y estaría allí. Se moría de ganas de verlo después de echarlo tanto de menos durante una semana sin apenas hablar con él.

En realidad se alegraba de haber estado separados aquella semana, ambos necesitaban tiempo para asimilar todo lo sucedido, pues había pasado tan deprisa que a veces resultaba difícil creer que fuera real o que pudiera durar.

Pero ahora Hannah estaba segura de ello y esperaba que Sergei también lo estuviera.

Grigori se levantó de la silla al verla entrar. Hannah le preguntó por Varya.

–Está recuperándose. Se deja cuidar y con eso me basta –admitió con una sonrisa.

–Me alegro mucho, Grigori –Hannah no le dio esperanzas de que Varya acabara amándolo porque no había ninguna garantía, pero esperaba que así fuera, por el bien de ambos–. ¿Está en su despacho?

–Sí.

–¿Crees que debería darle una sorpresa? –le preguntó con picardía.

–Sí.

Llamó sólo una vez antes de abrir la puerta directamente.

–¿Quién...? –Sergei levantó la mirada con cara de pocos amigos.

Hannah lo miró y casi sintió miedo de la alegría que la invadió al verlo. Cuánto lo había echado de menos en sólo una semana.

–Has vuelto –dijo Sergei sin expresión alguna en el rostro mientras se ponía en pie.

–Te dije que estaría fuera una semana.

–Lo sé, pero... –salió de detrás del escritorio, cruzó la habitación y, al llegar junto a ella, la estrechó en sus brazos y la besó de tal modo que hizo que se olvidara de cualquier duda que pudiera haber albergado–. Te he echado de menos y no me gusta.

–¿Por qué?

–Porque no me gusta echar de menos a la gente –admitió–. Durante años he intentado no echar de menos a nadie, pero contigo no puedo hacerlo. Me importas demasiado.

–Tú a mí también –dijo ella y lo besó de nuevo.

Aquella noche saldrían a cenar para celebrar el regreso de Alyona y la venta de la tienda. Se pondrían al día de todo lo sucedido durante aquella semana. La limusina los llevó hasta el hotel Kholodov.

Hannah miró a Sergei.

–¿Dónde...?

–Ahora lo verás.

Mientras cruzaban el vestíbulo, Hannah recordó lo impresionada que se había quedado un año antes y cómo no había podido dejar de mirar a Sergei. Tampoco podía hacerlo ahora.

Ocuparon la misma mesa, con la vela y las copas de vino, pero todo era diferente. Mucho mejor. Disfrutaron de la cena y de estar juntos mientras el deseo iba creciendo dentro de ambos con el paso de los minutos.

Acababan de retirar los platos cuando Sergei se puso en pie ante la mirada sorprendida de Hannah.

–Esta vez voy a hacerlo bien.

–¿Vas a hacer bien el qué? –estaba preguntándole cuando de pronto lo vio arrodillarse.

–Hannah Pearl, te amo con todo mi corazón. Me has cambiado para siempre y me has hecho sentir cosas que jamás pensé que volvería a sentir. Gracias a ti he vuelto a ver la vida con esperanza y eso sólo es un increíble regalo –Sergei respiró hondo mientras la miraba con los ojos llenos de amor–. Pero me has dado mucho más que eso. Me has dado tu amor y no me has dejado que te intimidara por mucho que me empeñara en hacerlo.

Hannah se echó a reír con lágrimas en los ojos.

–Todo esto es muy nuevo para mí –continuó diciendo Sergei–. Yo nunca he querido a nadie de esta forma y la verdad es que me da mucho miedo no hacerlo bien, pero quiero pedirte que creas en mí, algo que ya hiciste, para mi sorpresa.

–Claro que creo en ti, Sergei.

–Entonces –dijo mientras sacaba una cajita de terciopelo negro–, ¿me harás el honor de casarte conmigo?

Hannah parpadeó, atónita, emocionada y feliz. Al volver a verlo en su despacho se había dado cuenta de lo nerviosa que estaba por que pudiera haber cambiado de opinión. Pero ahora estaba segura de él. Completamente segura.

–Sí –susurró y luego lo repitió con más fuerza–. Sí, quiero casarme contigo.

Sergei le puso el anillo, luego se pusieron en pie y se fundieron en un beso. El uno en los brazos del otro, todo a su alrededor se llenó de paz.

Después, con una sonrisa en los labios, Sergei la llevó hacia la puerta y de ahí a la suite en la que ya habían estado en otra ocasión, donde comenzaría el resto de sus vidas.